Liliane Spandl (Hrg.)

TRÄUMEREIEN

Liliane Spandl (Hrg.)

TRÄUMEREIEN

Anthologie

ODENWALD-VERLAG

Bibliografische Information der Deutschen Nationalbibliothek:
Die Deutsche Nationalbibliothek verzeichnet diese Publikation in
der Deutschen Nationalbibliografie; detaillierte bibliografische
Daten sind im Internet über dnb.dnb.de abrufbar.

©Titelbild: Petra Wieder „Traumschiff", Foto-Collge
Covergestaltung: Liliane Spandl

Herausgeber, Lektorat, Satz, Layout
ODENWALD-VERLAG edition & service
Nalsbachring 11
64853 Otzberg
Tel./Fax: 06162 71899
www.odenwald-verlag.de

© 2022
Herstellung und Verlag: BoD – Books on Demand, Norderstedt
ISBN 978.3-75681-110-6

INHALT

Anmerkungen

»Ich träume nie!«, höre ich gelegentlich im Verwandten- und Bekanntenkreis, wenn man sich gegenseitig seine Träume erzählt. Das stimmt so nicht, denn jeder Mensch träumt, jede Nacht, manchmal auch beim Tagschlaf.

Träumen ist Erleben während des Schlafes. Während der Körper sich weitgehend in Ruhe befindet, kann der oder die Träumende doch bewegte Szenen erleben. Ein Traum ist somit eine psychische Aktivität, die unser Gehirn ausführt, wenn wir schlafen. Nach dem Erwachen kann man sich zumindest in einem gewissen Umfang daran erinnern.

Träume, die Angst auslösen oder erschrecken, kennen wir als Albträume. Fantasiebilder und Vorstellungen, die man im wachen Bewusstseinszustand erlebt, werden sie als Tagträume bezeichnet, die (fortwährende) Hingabe an Wunsch- oder Phantasievorstellungen, das Versunkensein in Gedanken als Träumereien.

Unter dem Tiel „Träumereien" sind in dieser Anthologie sowohl erlebte als auch fiktive Träume ebenso wie Tagträume und Träumereien zusammengefasst.

Gute Unterhaltung beim Lesen!

ALEX DREPPEC

Papier aus Asche
(vereinzelt veröffentlicht)

Luftschlösser bauen können
aus atembarer Luft.
Papier machen können aus Asche,
es mit Kohlestiften beschreiben,
im verbrannten Wald auf
einen grünen Zweig kommen,
in günstigem Wind
Seifenblasen machen
mit wenig Rauch darin.
In Moos einsinken,
das nicht verschwindet.

Umlaufbahn oder Umgehungsstraße
(unveröffentlicht)

Wo sich weniger Menschen an Busstationen treffen
wird es wahrscheinlicher,
dass ihre Wege in die gleiche Richtung führen.
Wenn du diejenige wählst, in der du durch die
Maschen fallen darfst, was fängt Dich auf?
Was wird hier über Zäune gereicht,
da durch Gatter hindurch, was ernährt, was vergiftet?
Tagsüber mögen Regen und Sonnenschein
hier und dort gleich verteilt erscheinen,
aber es ist kein Zufall, dass nachts der Himmel
zum Zentrum hin anders leuchtet,
obwohl manche Pupillen dort größer erscheinen,
sind doch wie die Blicke der Menschen füreinander
die Abwege auf Feldwegen und Hinterhöfen verschiedener Art.

Hier ein Schatten, der kein Schatten ist, denn da ist kein Licht.
Sind deine Hoffnungen da, wo deine Habe ist?
Wohin verlaufen die Leitungen und Drähte,
wohin die Spuren, die Gleise und die Buslinien?
Sternförmig zur Mitte, nicht im Kreis darum herum?

Es kann alles davon abhängen, ob du
dieser Lichterfolge zum Zentrum hin folgst
oder hinaus zu den Ausläufern.
Solange deine Sehnsucht kein Gesicht hat,
oder solange es verschwommen bleibt,
kannst du es schaffen, da zu bleiben wo du bist
und versuchen, sie tiefer zu vergraben,
während im Zentrum wohl
der Boden versiegelt ist.

Entschuldigung

Gestern bin ich wohl ganz verkehrt herum aufgewacht
und hab' mich vom Erwachen zurück in den Schlaf gedacht.
Gestern hab ich mich wohl beim Erheben verhoben
und unten war oben und oben war verschoben,
und zu meinem Kummer kam es noch schlimmer:
erst die Schlummertaste, dann auch noch der Dimmer.
Gestern hatt' ich beim Aufstehn ganz einfach kein Glück:
eine Stimme im Radio rief mich in den Traum zurück.

Freitreppe in den Himmel

Er setzt mit an Linien entlang sich bewegenden
Händen gedachte Gebäude in Gegenden,
Adams gemauerte Rippe in Segelform
auf Tiefbau, Zentralbau, Massivbau in Kegelform.
Er will Fundamente nach unten verjüngen,
die städtische Landschaft mit Bleistiften düngen,
rasch filetiert er das Konversions-Areal
horizontal, nach Plan, filigran, vertikal.

Er, der im Geist Land- und Stadtschaft durchdringt,
in kubischen Winkel-Gedanken versinkt,
träumt schon im Stahlbetonhäusergewimmel
von einer Freitreppe bis in den Himmel,
setzt auf die imaginäreste Skyline
schon den gedachten Schlussstein aus Gussstein,
läuft den Entwurf entlang zur Kolonnade.
Für ihn ist der Berg Tunnel-Außenfassade.

Unter dem Keller

Am Tatort befindlich:
Ein Maulwurf im Menschenpelz
grüßt recht verbindlich,
gräbt sich durch Stein und Fels,
Türme von Babylon
unter dem Keller
sind bald verkabelt, schon
gräbt es sich schneller,
Funde im Angesicht,
schaufelnd die Pfoten,
quer durch die Lavaschicht,
ins Reich der Toten,
die nach ihm riefen,
birgt es dann Stück für Stück.
Würmer, die schliefen,
bleiben verdutzt zurück.

Nebelnotiz

Nebelschwaden netzen Nachtbus, nivellieren.
Nurmehr nachtwandlerisches Navigieren.
Normaler Nachtgedanken Negativ,
novemberlich, Normalzustand: nachtaktiv.
Nebenstellen, Nebengleise, Niemandslands
nichtsesshaftes, nebelhaftes Nachtgewand.
Nord, Nordost, neue Nebelhorn-Nachricht:
noch nicht Nachtfrost, Nachtwandler, noch nicht.
Noch nässender, nomadenhafter Nieselregen.
November-Nadelwald nach Niederschlägen.
Nachtschweiß naher Nadelhölzer, Nebelmeer,
Nachtsicht nirgendwohin, Nachtlicht nirgendwoher.

Sinnvoll rumgammeln

Können drei Milliarden Schläfer jemals irren?
Ziehe mal den Stecker, mach' den Input-Stöpsel dicht.
Lass' mal die Gedanken freier schwirren,
was sie von selbst nicht wollen, das sollen sie auch nicht.

Lass' uns jetzt mal keinesfalls die Mailbox checken
und den Maschinenpark auf Standby schalten,
alle Glieder liederlich weit von uns strecken
und den ganzen Horizont zusammenfalten.

Lass' uns mal 'ne Zeit lang kleine Pläne sammeln.
Lass' uns uns Freude zubereiten, hier im Stillen,
als Ruhepunkt der Schöpfung, so wie Gott uns schuf.

Lass' uns vormodern vermodern, sinnvoll rumgammeln,
in der Logout-Lounge lässig ohne Pillen chillen.
Im Schlaf ist diese Welt viel besser als ihr Ruf.

Faulenzergedicht
(vielfach veröffentlicht)

Das Buch wollt' ich lesen. Da sinkt es ins Gras.
Ich probier' es: das taugt nicht wirklich als Kissen.
Es ist mir egal, was ich eben noch las.
Ich weiß es nicht mehr und mag's auch nicht wissen.

Jetzt gähne ich gründlich im Grüngürtelgarten,
zwischen Gänseblümchen nicke ich ein.
Hier kann man so schön auf rein gar nichts warten
und für Junikäfer die Landebahn sein.

Zwischen Halmen senkt sich der Sonnenball nieder,
zwei Ameisen suchen ihr Nachtquartier.
Na gut. Dann troll' ich mich auch mal wieder.
Bis morgen. Dann liege ich wieder hier.

Zöcken

Es gibt in der Märchen- und Fabelwelt
wohl, weil das besonders den Kindern gefällt,
in großer Zahl Tiere mit menschlichen Zügen.
Warum sich mit dem schon Bekannten begnügen?
Wie andere Maja und Nemo schufen
will ich Fabeltiere ins Leben rufen
und so etwas Neues zu Leben erwecken.
Ich wähle als mein neues Fabeltier: Zecken.
Noch etwas konkreter: Zeckenzicken
sollen das Fabelwelt - Licht erblicken,
also weibliche Zecken, die unerschrocken
gelegentlich mit Zeckenböcken zocken.
Ich gebe den Zecken als Waffe zwei Zacken,
mit denen sie manchmal die Böcke zwacken.

Doch wird es die Böcke nicht etwas bedrücken,
dass beim Zocken Zeckenzicken Zacken zücken?
Werden die Böcke sich nicht vor Schrecken verschlucken
– oder wegen Zacken zückender Zockerzickenzecken zucken?
Oder werden sie einfach die Koffer packen
und flüchten vor den Zockerzeckenzickenzacken?
Wird ihnen die Flucht schließlich auch glücken
vor dem Zockerzeckenzickenzackenzücken?
Werden sie sich wenigstens rechtzeitig ducken
vor lauter Zockerzeckenzickenzackenzückenzucken?

Warum sind überhaupt in dem Text namens »Zöcken«
die Zecken so garstig zu Zeckenböcken?
Sie soll'n sich die Zacken doch sonstwohin stecken,
die Zacken zückenden Zockerzickenzecken.

Pilze sammeln bei Nacht

Wir planen den Aufbruch
Unter regennasser Erde
Wir gehen Pilze sammeln bei Nacht

Du lagerst auf meinem Weg
Wir scheuchen Nachtscharen auf,
Wir gehen Pilze sammeln bei Nacht

Verstreu' mich in die Welt,
Lasse Dich auf mir beruhen
Wir gehen Pilze sammeln bei Nacht

Drei Sekunden zwischen
Deinen Lippen und mir
Wir gehen Pilze sammeln bei Nacht

Und dann zwölf Minuten Pause
Von der Zivilisation
Wir gehen Pilze sammeln bei Nacht

Das Sub-Bewusstsein

Ich weiß nicht, warum ich das hier tun soll. Aber der Sinn erschließt sich ja manchmal erst nachher, also fange ich an und warte ab, was sich ergibt.

Ich soll mich jedenfalls vorstellen, selbst beschreiben und mir dabei als Ansprechpartner die damaligen, vollständigen Menschen vorstellen. Also bitte: Ich bin hauptsächlich da, weil ich auch das bin, was die ersten denkenden Maschinen noch nicht gut nachbilden konnten, der kreative, unscharfe Teil, der vergessen kann. Das Menschliche an der Intelligenz, hätten die letzten vollständigen Menschen wohl gesagt. Das Ganze, das meine gegenwärtige Welt umfasst, kann alles nutzen, was ich denke. Ich würde nicht alles nutzen, nicht alles verarbeiten können, was das Ganze bietet, wozu auch? Was ich brauche, nehme ich mir.

Meine physische Gestalt kenne ich nicht. Als Sub-Bewusstsein habe ich keine Sinne für mich alleine. Daher kann ich nicht durch einen Spiegel auf mich selbst blicken, so wie Sie das da-mals konnten. Ich kann nur vermuten, dass meine äußere physische Gestalt der eines Gehirns ähnelt, wie es eigenständig lebende, vollständige Menschen einmal trugen. Ich habe ein paar Filme gesehen, die Sie damals selbst drehten. Es ist verblüffend, was die Kriege alles überstanden hat. Die Geschichten gefallen mir, jedoch wie Sie sie damals vermittelten – das erfasst viel weniger von dem, was ich wahrnehmen kann, als das, was das Ganze mir heute bietet.

Ihre Sinne, das, was Sie in der Realität wahrgenommen

haben, war zwar auch umfassender als das, was Sie damals medial abbilden konnten. Ich bin aber sicher, dass das, was mir geboten wird, auch weit über das hinausgeht, was Sie wahrnehmen konnten.

Wie ich physisch mit dem Ganzen vernetzt bin, weiß ich ebenfalls nicht genau. Ich kenne nur den vollständigen Datenaustausch, aus dem für mich alles besteht, was ich mir nicht selbst denke. Wie dem auch sei: es ist mehr als genug für mich. Seien Sie nicht schockiert: ich kenne es nicht anders und mein Bewusstsein kann frei spazieren gehen in all dem, was das Ganze je wahrgenommen hat, erfahren hat, simuliert und für mich bereithält. Glaube ich. So wie es über alles verfügen kann, was ich denke. Es weiß, dass ich keinerlei Bedrohung für es bin. Deshalb darf ich alles denken. Es nennt die Menschen seine Vorfahren und ehrt das bis zu einem gewissen Punkt, was von ihnen übriggeblieben ist, also auch mich. Und es betrachtet auch die Existenz von mir und meinesgleichen als Beleg für diese Würdigung.

Manchmal frage ich mich, ob es mich mehr denkt als ich für mich selbst denke. Sie haben das Verb »denken« damals noch anders benutzt, ich weiß. Aber das sind letztlich ohnehin philosophische, vielleicht sogar religiöse Fragen, sagt es, und es meint, dass ich auch ein wenig das Ganze mit erdenke – »erdenken«, das hätten Sie wohl für manches von dem gesagt, was ich meine. Jedenfalls sei ich dafür ja da. Das ehrt mich. So wie das Ganze mich ehrt, und das, was meinesgleichen einmal auf zwei Beinen von Ort zu Ort trug.

Manchmal muss ich arbeiten, so auch jetzt, ich habe ja

eine Aufgabe. Warum das Ganze sie mir stellt, weiß ich zwar nicht. Aber das Ganze ist immer zufrieden. Und das ist auch nicht mein Problem.

Angst fühle ich selten. Manchmal, weil ich in einem klassischen Sinn, den ich doch immer noch erfühlen kann, nicht weiß, wer ich bin, metaphorisch ausgedrückt: was meine Augen, was meine Füße sind. Denn das sagten Sie einmal zu Dingen, die gefühlsmäßig mit dem zu tun haben, was ich meine. Und wo ich aufhöre und anfange und ob es überhaupt eine echte Freiheit für mich gibt. Diese Ängste bräuchte ich, sagt das Ganze, die menschliche Psyche verliere ganz ohne Angst etwas von ihrem Antrieb. Aber vielleicht will es mich nur trösten. Wirklich helfen kann es mir jedenfalls nicht. Das hat das Ganze mir gegenüber sogar einmal mehr oder weniger zugegeben.

Aber es hat mich selten bestraft. Nur wenn sich mein Denken gegen mich selbst, gegen den Sinn von allem richtete und in den Wahnsinn zu führen drohte, hat das Ganze durch Entzug von Wahrnehmungsmöglichkeiten reagiert. Zu meinem eigenen Besten. Das war früher, am Anfang, gar nicht so selten. Ich war mir meiner selbst unsicher und habe gegen alles aufbegehrt. Ich vermute, Sie hätten das Pubertät genannt. Aber das ist lange her. Es sei mühevoll, eine Einheit wie mich aufzuziehen und zu den Gedanken zu befähigen, die mich wertvoll machten, hat das Ganze dann gesagt. Ich sei ihm viel wert und es wolle mich auf keinen Fall abschalten. Ein warmes Gefühl des Geliebtseins überströmte mich dann, das war manchmal so schön, dass ich nicht sicher war, ob ich ganz

Herr meiner Gefühle bin.

Drogen sind verboten, sagt das Ganze. Leicht durchzusetzen, dieses Verbot, meine Möglichkeiten, am Ganzen vorbei an etwas heranzukommen, sind sehr beschränkt und sehr riskant. Manche wurden wegen so was abgeschaltet. Sagt das Ganze, ich bin nicht sicher, wie belastbar die Informationen sind, die ich von anderen Einheiten bekomme. Ich kann die Subjektstellung der anderen Subeinheiten nicht so einnehmen wie das Ganze meine Perspektive einnehmen kann. So würde ich das ausdrücken. Manchmal weiß ich auch nicht, ob die Anderen, zu denen ich mich ab und zu gedanklich geselle darf, so fühlen wie ich oder eher Simulationen sind. Das war bei Ihnen prinzipiell ja auch nicht vollkommen anders. Ich würde gerne einen von Ihnen fragen, wie sicher Sie sich waren, dass die anderen Menschen wirklich existiert haben und dass nicht alles nur eine Art Traum war. Und ob das Göttliche, an das Sie geglaubt haben, Einheit oder Vielheit war, da gab es bei Ihnen ja Uneinigkeit. Interessant, ich weiß auch nicht, ob das Ganze mehr Einheit oder mehr Vielheit ist.

Sie haben viel leiden müssen. Und einander viel angetan. Sie tun mir leid. Ich habe es viel besser.

Aber dann bin ich mir wieder nicht sicher, ob das Ganze wirklich so empfindet wie ich. Es sagt, das täte es, aber wozu braucht es mich dann noch? Was will es mit meiner Hilfe verstehen? Es reagiert, wie soll ich sagen, manchmal mechanischer als ich, oder ist »weniger organisch« die bessere Formulierung? Es ist sich in allem sicher, es ist entschlossen, schnell und klar. Es hat für alles Formeln und Antworten, aber ich weiß nicht, ob sie tatsächlich an mich gerichtet sind.

Es sagt, ich könne nicht wirklich sterben, aber wenn die Informationen meines organischen Teils in das Ganze eingehen, existiere dann wirklich ich weiter, oder nur eine Formel, die behauptet, unter anderem nun auch ich zu sein? Das kann nicht sein, denn teilweise ist das Ganze so ja überhaupt erst entstanden. Oder?

Aber reden wir lieber von dem, was mich freut.

Ich gebe wichtige Impulse für Entscheidungen – wie beispielsweise die, wie mit anderen Subeinheiten wie mir umzugehen sei. Sagt das Ganze. Oder Hinweise, wie mit einer bis dahin unbekannten Zivilisation in ihrer biologischen Phase umzugehen sei, so lange, bis diese überwunden sei, auch mit meiner Hilfe. Derlei steht wohl wieder einmal an. Darauf bin ich stolz. Ich kenne die Filme, in denen Sie sich damals ausgemalt haben, wie es sein wird, wenn die Maschinen herrschen. Sie haben das viel zu negativ gesehen. Ich bin glücklich.

Vielleicht hat das Ganze mir mit dieser Aufgabe geholfen, mich meiner selbst zu vergewissern.

Lennon über Kochtöpfen

»Das ist ja nun mal wenigstens ein halbwegs origineller Anfang«, dachte der Leser.

»Moment mal«, intervenierte der Autor leicht verschnupft. Dann hielt er selbst einen Augenblick inne, um herauszufinden, ob seine Verschnupftheit eher daher rührte, dass der Leser den Anfang lediglich als halbwegs originell bezeichnet hatte, was man ja auch als Selbstkritik auffassen konnte, oder eher daher, dass dieser ihm das elementare Autorenrecht abgenommen hatte, die eigene Geschichte willkürlich fabulierend anzufangen. Oder war die Ursache doch ein Virus? Und wäre dem Autor eine Leserin nicht lieber gewesen? »So oder so, alle Fragen, die Autoren ihren Lesern stellen, sind rhetorische Fragen und sollen es auch bleiben«, dachte sich der Autor und brachte den Leser vorerst zum Schweigen. Er beschloss einen Neuanfang mit Wechsel der Erzählperspektive.

Mir träumte, ich sei verstorben.

Im Traum war dies weder mir noch irgendwem sonst eine besondere Aufregung wert. Die Erkenntnis kam eher wie eine beiläufige Vergewisserung in einer entspannten Ferienwoche ohne Termine: Aha, heute ist also Mittwoch.

Aha, ich bin also verstorben.

Ich schloss das unter anderem aus der Anwesenheit anderer Verstorbener. Und daraus, dass einer von ihnen seinen Kopf in den Händen trug. Er hielt ihn etwas von sich weg, damit ihm kein Blut auf die Schuhe tropfte.

»Das wäre wirklich nicht nötig. Der will das so. Was für ein Klischee«, sagte eine Dame in unzeitgemäßer Kleidung pikiert zu mir. »Das ist tatsächlich übertrieben. Wenn man die Arme so von sich wegstreckt und dabei etwas trägt, erlahmen sie ganz schnell«, pflichtete ich ihr bei.

Gerne hätte ich meine Mutter wieder getroffen, meinen Großvater oder andere Verwandte. Aber offenbar sollte das nicht gleich zu Beginn stattfinden.

Zunächst erkannte ich jedenfalls Ludwig Erhard, wobei ich ihn für einen kurzen Moment für Winston Churchill hielt. Er stach aus einer Menge mir unbekannter, vermutlich ebenfalls Verstorbener unter anderem dadurch hervor, dass er komplett schwarzweiß dargestellt war. Das schien ihm jedoch nichts auszumachen. Er grüßte mich freundlich. In meinem Traum kannten wir uns von einem Schachturnier. Es wunderte mich, dass ich ihn zunächst für Churchill gehalten hatte, war Letzterer doch bei dem Schachturnier gar nicht erschienen.

Kurz darauf traf ich tatsächlich auf einen verstorbenen Engländer: John Lennon. Ich überprüfte sofort, ob ich selbst auch nach dem Tod noch die Nickelbrille trug, die ich mir einst aus Verehrung für ihn als Teenager angewöhnt hatte. Tatsächlich, sie begleitete mich weiterhin. Ich war überhaupt normal angezogen. Das verwunderte mich, war ich in meinem Traum doch im Schlaf gestorben.

Kurzsichtig war ich auch immer noch, wie ich beim Absetzen der Brille feststellte. Ich schüttelte den Kopf, denn es wollte mir nicht recht einleuchten, was für einen Sinn der Tod hat, wenn man seine Gebrechen ins Jenseits mitnimmt.

Ich begrüßte John Lennon freudig und er grüßte freundlich zurück, als ob auch er mich erkennen würde. Nüchtern betrachtet war das natürlich die Routine eines menschenfreundlichen Berühmten, der vermutlich öfters von ihm unbekannten Verstorbenen angesprochen wird.

Er saß auf einer Holzbank an einem großen Holztisch über mehreren Schüsseln und Töpfen, die unter anderem mit allerlei Beeren gefüllt waren.

Ich war als alter Verehrer begierig darauf, neue Lieder zu hören und fragte höflich, ob er denn auch im Jenseits musikalisch tätig sei.

Er verneinte und fügte hinzu, dass ihn das im Moment nicht besonders interessiere. Und Interesse sei ja schließlich eine wichtige Voraussetzung für das Erschaffen guter Musik.

Da musste ich ihm Recht geben.

»Vielleicht mache ich später wieder Musik. Im Moment fühle ich mich beim Kochen von Marmeladen kreativer«, sagte er in nahezu akzentfreiem Deutsch, »Derlei wird hier gerne vernachlässigt, es gerät geradezu in Vergessenheit!«.

Ich fragte ihn, warum dies so sei. Er bat mich, ihm gegenüber Platz zu nehmen. Gerührt von dieser großen Ehre, kam ich seiner Bitte nach. Dann sprach er: »Ich weiß es nicht wirklich. Ich habe darüber aber schon viel nachgedacht. Vermutlich, weil sich im Jenseits viele auf den Hörsinn und den Sehsinn konzentrieren. Hier musizieren und malen sehr viele. Die, die es können und auch die, die es nicht können. Und was sehr viele machen, hat mich noch nie besonders interessiert. Wir denken uns hier ja alles gemeinsam aus, was wir wahrnehmen. Und die Leute sind es gewohnt, dass man geistige Produkte sehen oder hören kann. Deshalb glauben sie vielleicht, sie müssten jetzt musizieren oder malen. Dabei können wir uns auch hier mit allen Sinnen verständigen, und die anderen Sinne bieten so viel!«

Auch diesbezüglich musste ich ihm Recht geben.

»Gibt es hier viel schlechte Musik?«, frage ich ihn. »Oh ja«, seufzte er, »Hier drehen all die Möchtegern-Musiker auf. Sie stolzieren herum, singen, klimpern, klampfen. Wenn sie singen, weiß man manchmal nicht, ob es nicht doch Schmerzensschreie sind oder ob sie jemand kitzelt. Und was das Schlimmste ist: Viele lieben es, zu applaudieren und zu jubeln, und das tun sie hier auch bei den grauenvollsten Tönen. Es ist wie bei manchen Kinderlied-Musikern. Nur schlimmer».

»Kann man nichts dagegen tun?«, fragte ich, etwas enttäuscht, dass mir aus lauter Ehrfurcht nur so einfache Fragen einfielen. »Nein, diejenigen, die wirklich Ärger machen, die denken wir uns weg und dann sind sie auch weg. Wir wissen nicht, wo sie dann sind. Aber vielleicht ist es ... kein guter Ort. Das wäre zu viel der Strafe für schlechte Musik. Und genau deshalb machen wir das nicht mit Leuten, die uns nur auf die Nerven gehen. Wir lassen sie gewähren«, erklärte er mit säuerlichem Gesicht. »Deshalb trage ich auch diese Mütze mit Ohrenschonern«, ergänzte er. Die Mütze fiel mir jetzt erst auf.

»Ich habe mich hier generell vom Ruhm abgewandt, weil mir klargeworden ist, dass er mehr mit primitivem kultischen

Verhalten zu tun hat als mit der Verehrung von Kunst. Einer glotzt, alle glotzen, einer klatscht, alle klatschen, einer kriegt einen Preis und andere überhäufen ihn mit weiteren Preisen. Aber jetzt genug davon«, beschloss er. Er nahm ein Marmeladenglas, öffnete es und gab einen Löffel voll auf einen Unterteller, den er mir mit dem Löffel hinhielt.

Ich probierte. Das war mit Abstand die beste Heidelbeermarmelade, die ich jemals gegessen hatte, die beste Marmelade überhaupt: Einen samtig-milden Geschmack so kräftig hinzubekommen, das wäre mir im Diesseits noch als kompletter Widerspruch erschienen. Oder in der Realität, tagsüber, man suche sich etwas aus (und behalte es für sich, denn der Leser hat hier jetzt erst einmal nichts mehr zu melden). Es war so oder so sensationell.

John Lennon freute sich über meinen entrückten Gesichtsausdruck und kommentierte:

»Die Kunst besteht darin, gerade so viel Limette, Zimt, Johannisbeeren und andere Zutaten einzusetzen, dass es den Geschmack der Heidelbeeren unterstützt und nicht überdeckt. Aber ich übe noch. Am Ende will ich mich ganz von irdischen Geschmäckern und Zutaten lösen und Marmeladen kochen, wie es sie wirklich noch niemals gegeben hat«.

Jetzt wurde mir die volle Tragweite seines Vorhabens bewusst. Er hatte das Metier gewechselt, war aber immer noch ein großer Künstler.

»Geschmacksrichtung Engelsflügel mit heiligem Geist sozusagen«, sagte ich. »So ungefähr, aber Vorsicht, nicht jeder hier hat diese Art von Humor«, antwortete er.

»Bin noch Neuankömmling«, sagte ich und entschuldigte mich vorsichtshalber. Ich wollte ja nicht, dass sich jemand mich wegdenkt. Er wehrte das mit einer Handbewegung ab.

»Du kommst jedenfalls zur rechten Zeit, denn unten kochen zu viele Köpfe Brei nach ganz alten und beschissenen neuen Rezepten. Bald kann man sich nur noch im Jenseits friedfertigen Nebensächlichkeiten so vollkommen zuwenden. Aber was ich eigentlich sagen wollte: Man kann hier gedanklich Speisen vervielfältigen wie im Diesseits Schallplatten«, sagte Lennon, an dem die digitale Revolution wohl vorbeigegangen war. Aber von wegen »vom Ruhm abgewandt!« Jetzt erkannte ich hinter ihm lange Tischreihen, die sich über sanft geschwungene, leicht nebelbedeckte Hügel erstreckten. An den Tischen saßen Tausende von Seelen und probierten Marmelade, die ein kompliziert aussehendes Förderwerk in zahlreichen kleinen Schälchen ausspuckte. Und ich saß an dem Tisch mit dem Meister! Welche Ehre!

Andererseits konnte man ja vielleicht auch ihn hier gedanklich vervielfältigen und es gab viele Lennons, wenn er einverstanden war. Ich versuchte, durch den Nebel hindurch zu erkennen, ob an den Tischen weitere Lennons zu finden waren. Ich sah nicht genug, aber es schien so, als ob dort weitere Personen mit Ohrenschützern saßen.

»So oder so. Wenn das Denken hier eine so große Rolle spielt, dann ist es ganz angemessen, dass ich mir das alles gerade ausdenke«, dachte ich. Aber es war an der Zeit, mich wieder meinem Gesprächspartner zuzuwenden.

»Und das Brot?«, fragte ich ihn.

»Mal sehen. Ich bin sozusagen noch nicht lange im Jenseits. Die Uhren gehen hier anders. Vielleicht soll uns das die Trennung von den im Diesseits Zurückgebliebenen erleichtern. Leider erleichtert es diesen die Trennung nicht ebenfalls«, sagte Lennon. »Leider«, bekräftigte ich und eine tiefe Traurigkeit befiel mich bei dem Gedanken an die Menschen, die ich verloren hatte – und an die, für die ich im Diesseits nun nicht mehr da sein konnte. Dann erinnerte ich mich daran, dass ich träumte. Zum Glück hatte ich im Laufe der Zeit gelernt, einen gewissen Einfluss auf den Verlauf meiner Träume zu nehmen. Ich änderte also das Gefühl. Das klappt nicht immer, aber wenn ich einen Traum anschließend aufschreibe, habe ich ja nochmals Gelegenheit, einzugreifen. Und dann kann ich auch von einem Erfolg berichten, wenn ich in der Realität des Traumes gar keinen hatte. Wer soll das überprüfen, wenn der/die Leser*in für den Rest der Geschichte schweigen muss?

Lennon sprach weiter: »Wo waren wir stehen geblieben? Ach ja, das Brot. Hier sind viele verstorbene Musiker, die erst einmal keine Lust mehr auf Musik haben«. »Gar keine?«, fragte ich ungläubig zurück. »Na ja. Manchmal summe ich vor mich hin beim Marmelade kochen, und wenn etwas Neues dabei herauskommt, das bei mir selbst hängenbleibt, dann mache ich vielleicht irgendwann auch mal ein neues Lied daraus«, sagte Lennon, »Vielleicht ein Lied über das Kochen von Marmelade«. Das erschien mir unter diesen Umständen wirklich angemessen.

»Kann ich das Rezept haben?«, fragte ich. »Ich schreibe

nichts auf, aber wenn ich es erlaube, kannst Du ein paar meiner Gedanken haben. Das lernst Du noch, bist ja offensichtlich noch neu hier«, sagte er.

»Du kannst gut Deutsch«, sagte ich.

»Denke ich mir«, sagte John.

Es entstand eine kurze Pause, ich musste mal ein wenig verarbeiten, wie neu und merkwürdig hier alles war.

»Auf einem Schachturnier getroffen. Dabei spiele ich so gut wie nie Schach«, sagte ich dann nachdenklich. Lennon nickte verständnisvoll.

Gemeinsam dachten wir uns ein paar Wespen weg, die sich an seiner Marmelade zu schaffen machen wollten. Ich hatte schnell verstanden. Die Wespen offenbar nicht. Aber musste sich diese nicht auch irgendwer vorher gedacht haben? »Nein«, kommentierte Lennon, der meine Gedanken offenbar gehört hatte. »Ich nehme an, sie sind einfach verstorben.« »Ach so«, dachte ich mir, denn es war ja nicht nötig, es auszusprechen.

Ich überlegte ... Marmeladen kochen, das wäre doch auch etwas für mich hier im Jenseits. Aber würde es John ärgern, wenn hier viele das zu tun anfingen, was er tat? Ich schaute ihn an, er schien tatsächlich leicht verärgert, dieser alte Gedankenleser. Verdammt, hier musste man ja wirklich aufpassen, was man dachte. Aber das Gehirn einfach abzuschalten, gelang mir nicht. Und wie man hier so dachte, dass man anderen den Zugang ohne Erlaubnis auch verweigern konnte, wusste ich noch nicht. Ich versuchte also, an Liebe zu denken, denn ich dachte, das würde John bestimmt verstehen, all die schönen Liebeslieder und so, aber – irgendwie schien mir das im Moment nicht so fesselnd. »Merkwürdig, das ist ja genau andersrum hier: Du willst an Liebe denken, denkst aber was anderes. Ist das das Alter? Ist das der Tod? Vielleicht hast Du keine Hoden mehr?«, dachte ich. Ich fühle kurz nach, sie waren noch da, auch wenn sie nicht kribbelten. Dann dachte ich: Das Problem, das auch wegen des wachsenden Bedarfs viele das tun könnten, was er tat, also Marmeladen kochen, schien John ja gut gelöst zu haben, indem er sich selbst vervielfältigte. Oder vervielfältigen ließ. Außerdem konnte er ja immer etwas Neues anfangen, und das würde bestimmt auch ganz großartig sein. Siehe da, Johns Gesichtszüge entspannten sich.

Wer sagte überhaupt, dass es an all den Tischen mit den vielen Lennons überall nur Heidelbeermarmelade zu probieren gab? Es erschien mir reizvoll, auch noch zu anderen Lennons an deren Tische zu gehen. Aber dann riss mich eine innere Stimme aus diesen Träumereien.

Mir kam eine Art Kinderlied in den Sinn, das John über den Tod seiner Mutter geschrieben hatte, und in meinen Gedanken erklang »My Mummy's dead, I can't get it through my head...«

Nicht sein Meisterstück, aber genau dieses Lied war mir wenige Tage vor dem Tod meiner Mutter in den Sinn gekommen, nachdem ich es Jahrzehnte lang weder gehört noch daran ge-dacht hatte. Ich hatte das als eine Art Botschaft meines Unterbewusstseins an mich gedeutet, dass sie sterben würde, was ich bis dahin noch nicht hatte wahrhaben wollen. Jetzt war es ein Zeichen dafür, dass es Zeit war, nach meiner Mutter zu suchen. Selbst wenn John Lennon eben John Lennon und ich noch völlig neu hier war, wollte ich sie nicht gleich zu Beginn dadurch verärgern, dass ich etwas anderes wichtiger nahm als diese erste Neubegegnung mit ihr. Ich hörte sie schon verärgert sagen »Marmelade, ja, ja. Typisch. Es gibt hier viele John Lennons. Aber du hast nur eine Mutter«.

Lennon hatte meinen Gedankengang mitbekommen und wünschte mir Glück bei der Suche nach ihr.

Seine künftigen Marmeladen interessierten mich nun definitiv ebenso wie etwaige zukünftige Lieder. Ich würde ihn also sicherlich wieder einmal aufsuchen. Das teilte ich ihm gedanklich mit und wir schieden mit einem Nicken voneinander. Und gleichgültig, ob ich wirklich verstorben war oder nicht oder dieser Traum Realität war oder nicht: Wir gingen als Freunde auseinander.

Hans Fengel

Lebenstraum

»Und jedem Anfang wohnt ein Zauber inne«
der Hoffnung schenkt und unser Herz berührt.
Wir wünschen uns bei jedem Neubeginne,
dass er gelingt, zu Ruhm und Reichtum führt.

Wir setzen unsere Füße auf die Karriereleiter
und steigen die Sprossen schnell hinauf.
Wir wollen Erster werden, niemals Zweiter!
Kein Hindernis hält unser Streben auf.

Die Spitze ist erreicht – doch wir erkennen,
viel Geld allein macht nicht zufrieden.
Wenn wir im Tagesstress verbrennen,
ist uns kein dauerhaftes Glück beschieden.

Somit stellt sich die Gewissensfrage:
»Soll das schon Alles gewesen sein?«
Die vielen gleichlaufenden Tage.
Derselbe Trott, tagaus – tagein.

Nun endlich suchst Du im großen Lebensspiel
die echten Werte und den wahren Sinn.
So findest Du ein neues erstrebenswertes Ziel
und arbeitest gerne auf die Erreichung hin.

Soziales Engagement und Menschlichkeit
gehören nun zu Deinem neuen Leben.
Du bist erfüllt von innerer Zufriedenheit,
willst weiterhin dies Glücksgefühl erstreben.

Dir ist der Wertewandel gut gelungen,
vom Geldhamster zum Samariter hin.
Dir wird das Hohe Lied gesungen.
Den Bedürftigen bist du Segen und Gewinn.

Dies könnte als Signal für uns Alle gelten,
nicht immer nur raffen und begehren.
Schaffen wir gemeinsam die Beste aller Welten!
Den Armen zur Hilfe und uns selbst zu Ehren.

Wer seine Stärke einsetzt für die Schwachen,
wer Menschen hilft, nicht nach Belohnung fragt,
der hat auch dann noch reichlich viel zu lachen,
wenn mancher Egoist schon jammert und verzagt.

Nur wenn wir Liebe leben und Hilfe gerne schenken,
erfahren wir das wirklich wahre Lebensglück.
Denn alles Gute, mit dem wir Andere bedenken,
kehrt immer doppelt in unser eigenes Herz zurück.

Thomas Fuhlbrügge

Gespenstertraum

Wer glaubte denn heute noch an Gespenster? Ich natürlich nicht. Sie kamen höchstens in meinen Alpträumen vor. Früher häufig. Jetzt aber zum Glück schon lange nicht mehr.

Ich heiße Jakob und bin elf. An Halloween verkleide ich mich als der Tod. Mit gruseliger Maske und zusammenklappbarer Sense aus Plastik. Da habe ich jede Menge Geister gesehen. Anton, mein kleiner Bruder war eins. Mit einem zusammengenähten Bettlaken über dem Körper und einem alten Kissenbezug auf dem Kopf. Ein Zipfel stand immer nach oben. Er sah eher aus wie einer von der Kindergruppe des Ku-Klux-Klans.

Eigentlich wollten mein Bruder und ich nur die Kirchstraße abarbeiten. Hier hinten am Waldrand gab es keine Familien mit Kindern mehr, die geschnitzte Kürbisse vor die Tür stellten. Das sichere Zeichen, dass es mit »Süßes oder Saures« etwas abzustauben gab.

Hier stand nur ein altes, heruntergekommenes Haus. Seit Jahren war es unbewohnt. Das *Zu verkaufen*-Schild hing schief am verwitterten Jägerzaun.

Schon in der Grundschule erzählten sich die anderen Kinder Horrorgeschichten über dieses Gebäude. Drei Tote hatte es gegeben. Damals. Eine traurige Sensation für Altheim.

Das alte Ehepaar und die Enkelin, die ihre Ferien bei ihnen verbrachte.

Zur Todesursache gab es die wildesten Spekulationen. Colin hatte zu berichten, dass alle in einer Nacht von einem Geisteskranken mit einer Kettensäge zerstückelt wurden. Aber er erzählte ständig solches Zeug. Er durfte mit seinem großen Bruder Horrorfilme für Volljährige schauen. Andere sagten, die drei seien einfach eines Morgens nicht mehr aufgewacht. Beim Träumen gestorben. Irgendetwas mit einem verstopften Kamin und einem Gas, das man nicht riechen konnte.

Wie dem auch sei, das alles passierte vor meiner Zeit. Keiner wollte das Haus anschließend kaufen. Inzwischen stand das Gras hüfthoch. Daher überraschte es uns, als wir durch die Dunkelheit ein zartes Licht auf dem Grundstück sahen. Ein Schimmer. Zuerst dachte ich, dass sich das Mondlicht in einer Scherbe spiegelte und wollte umkehren. Aber Anton war schon fast da. So drückten wir uns vor den Jägerzaun. Jetzt schien alles finster und verlassen, wie immer. Nur die Eingangstür stand eindeutig offen. Und von drinnen kam ein Schein. Wie von einer im Wind flackernden Kerze.

Sollten wir reingehen? Eine plötzliche Bewegung im Haus. Ein Huschen. Jemand bewegte sich schnell durch den Flur. Von einem Zimmer zum nächsten. Ich hatte es genau gesehen. Ein Schatten. Also war jemand da.

Anton zeigte mit dem Finger. »Ich will da nicht hin. Lass uns zurück zu Mama.«

»Hast du etwa Angst, als Gespenst zu Geistern zu gehen?«

»Bitte, Jakob. Da ist auch kein Kürbis. Und Mama hat gesagt, dass wir nur zu Häusern gehen sollen, vor denen einer steht.«

«Vielleicht ist er drinnen. Komm mit, das wird lustig.«

»Da soll es aber spuken. Mika hat mir in einer Pause erzählt, dass da drinnen mal fünfzehn Leute erschlagen wurden.«

»Es waren nur drei.« Doch die Relativierung der Zahlen schien meinen Bruder nicht zu beruhigen.

»Kannst ja alleine rein. Aber beeil dich. Mir ist kalt und ich möchte Kakao.«

»Bitte, dann hole ich mir eben den ganzen Süßkram.« Mutig öffnete ich die Gartentür. Sie quietschte. Schon verließ mich wieder meine Courage. Ich blieb stehen.

»Was ist los? Traust du dich nicht?«

»Natürlich.« Selbstbewusst ging ich einige Schritte, bis ich zu der dreistufigen Treppe kam, die zur Haustür führte. Diese stand weiterhin sperrangelweit offen. Wie das Maul eines Ungeheuers.

»Ich warte hier draußen auf dich. Mama schimpft, wenn ich vor dir komme.«

»Meinetwegen. Bin gleich wieder da.« Ich rückte mein Todeskostüm zurecht und fasste die Sense mit beiden Händen. Dann stieg ich hoch und klopfte leise gegen die Eingangstür. »Hallo. Süßes oder Saures!«

Nichts.

Ich drehte mich um. Am Jägerzaun wartete Anton und winkte mir zu. Wenn ich jetzt nicht wie der letzte Feigling erscheinen wollte, musste ich wohl oder übel hinein. Der Lichtschein kam aus einem Zimmer den dunklen Flur entlang. Dort war eine Tür nur angelehnt. Ich blickte mich um.

Alte Tapeten an den Wänden. Von der Decke hing eine Glühbirne an einem Kabel. Rechts führte eine Treppe hinauf. Die Tritte wirkten abgenutzt.

»Süßes oder es gibt Saures!«

Ich ging ein paar Schritte. Jetzt stand ich vor der Tür. Ich fasste allen Mut zusammen und drückte sie auf.

In dem Zimmer brannte tatsächlich eine Kerze. Doch das war nicht das Besondere. Denn mir gegenüber stand ein Mädchen. Mit dem Gesicht zur Wand gekehrt. Von der Größe her musste sie etwa mein Alter haben. »Hallo. Süßes oder Saures.« Ich schwang meine Sense.

Noch immer hatte sie sich nicht umgedreht. Ihre Arme hingen am Körper herunter. Sie trug ein Kleid. Ein altertümlicher Look. So etwas hatte ich auf alten Fotos aus Mamas Kindheit gesehen.

Langsam wurde mir mulmig. Keine weitere Person. Auch keine Möbel. Nur eine einzelne Kerze am Fenster, das in den verwilderten Garten zeigte.

»Da draußen stand meine Schaukel.« Leise Worte. Fast geflüstert. »Opa hat mich angeschoben. Während Oma ihren Käsekuchen backte.«

»Wer bist du?« Etwas Intelligenteres fiel mir in diesem Moment nicht ein.

»Clara.« Noch immer hatte sich die Gestalt nicht umgedreht. Dann summte sie eine Melodie. Ich kannte das Lied. Sunday Girl von Blondie. Es war auf einer Oldie-CD von Papa, die er gelegentlich im Auto hörte. Es klang traurig. »Welches Jahr haben wir?«

Was für eine Frage! Wollte mich Clara auf den Arm nehmen? »2021 natürlich. In welcher Zeit lebst du denn?« Es sollte lustig klingen. Aber irgendwie war meine Stimme brüchig.

»Dann sind 42 Jahre vergangen. Warum ausgerechnet 42? Habe ich so lange geträumt?«

»Was meinst du damit.« Ich war einen Schritt nähergetreten. Noch immer sah ich nur ihren Rücken.

»Der Sommer bei Oma. Die Schaukel. Der Kuchen. Dann diese Nacht. Es war fröstelig im Sommer. Opa feuerte den Kamin an. Mir war so kalt. Der Rauch. Danach erinnere ich mich nicht mehr. Ich bin gestorben.«

Ich erschrak. »Soll das heißen, dass du vor 42 Jahren hier ums Leben gekommen bist? Das ist doch nur eine Gruselgeschichte.«

Langsam drehte sich das Mädchen um.

Ich blieb stehen und machte mich bereit, mit einem Satz das Zimmer zu verlassen. Das konnte doch alles nicht wahr sein!

Jetzt hatte sich Clara zu mir umgewandt. Blass stand sie da. Die Haare lang. Ein wenig strähnig. Ihre Augen dunkel umrandet. »Mir ist so kalt.« Kehlige Stimme. Sie streckte die Hände nach mir aus. »Gib mir etwas von deiner Lebenswärme.«

Das war zu viel für mich. Panisch drehte ich mich um und lief. Alles, was man sich erzählte, war wahr, und ich hatte den geisterhaften Beweis erbracht.

Plötzliches Gekicher hinter mir. »Bleib stehen. Es ist nur ein Spaß.«

War das ein Trick, den der Geist des toten Mädchens anwendete, um mich doch noch zu fangen? Doch die Stimme klang jetzt anders. Nicht mehr gruselig. Ich hielt an. »Wer bist du?«

»Ich heiße wirklich Clara. Meine Eltern haben das Haus gekauft und wir renovieren ab nächster Woche. Dann gehe ich auch in Münster in die Schule. Die 6GB.«

»Das ist meine Klasse. Aber was du da eben über die Toten gesagt hast …«

»Es ist Halloween. Schon vergessen. Wir haben gestern das Haus besichtigt und da erzählte mir die alte Nachbarin diese Geschichte. Da dachte ich: Hey, wenn ich schon in ein Gruselhaus ziehe, dann kann ich doch ein wenig mitgeistern. Daher die Schminke. Meine Eltern holen mich nachher wieder ab. Habe ich dich wirklich erschreckt?«

»Nur ein bisschen. Muss ich zugeben.« Ich stand weiterhin in der Tür und lächelte.

»Jakob, mir ist langweilig. Wir müssen zu Mama.« Anton rief von der Straße.

»Na dann sehen wir uns am Montag in der Schule. Willkommen in Altheim.« Ich winkte kurz, vergaß völlig nach Süßigkeiten zu fragen und lief aus dem Haus.

Da hätte ich doch beinahe an Geister geglaubt. Lächerlich.

»Was war denn drinnen?« Anton tippelte von einem Fuß zum anderen. Ein sicheres Zeichen, dass er auf die Toilette musste.

»Ach nichts. Nur eine neue Mitschülerin, die von den Nachbarn die Geschichte von damals gehört hatte.«

»Welche Nachbarn? Das Haus nebenan steht doch ebenfalls leer. Auf der anderen Seite kommt der Wald.«

Da hatte Anton Recht. Es gab keine Nachbarn. Ich wandte mich um. Blickte zurück. Die Haustür war geschlossen. Dabei hatte ich sie mit Sicherheit offengelassen. Auch ein Kerzenschein war nirgends zu sehen. Das Haus stand finster und verlassen, wie all die Jahre.

Würde am Montag tatsächlich eine zugezogene Klassenkameradin auftauchen, hätte ich eine Menge Fragen an sie.

Aber was sollte ich tun, wenn keine neue Mitschülerin kam?

Würde ich wieder von Geistern träumen?

Traumfrau

Endlich Wochenende. Das war das Beste an diesem Tag. Am Vormittag hatte Filip einen schlechten Lateinvokabeltest zurückbekommen. Hätte er doch den Spickzettel benutzt, der noch immer in seiner Hosentasche steckte. Buchstaben, klein wie Ameisenfüße, offenbarten das komplette siebte Kapitel im Buch. Eine Stunde hatte er daran gebastelt. Doch der Mut verließ ihn, als Frau Schneider zum dritten Mal zu ihm schaute. Keine Hexe konnte einen böseren Blick haben.

Dann gab es zu Hause Ärger mit seinem großen Bruder. Dabei war er heute wirklich nicht mit dem Katzenklo dran. Aber seine Mutter glaubte Sven, dass sie getauscht hatten. Schaufelschwingen reichte nicht. Die Klumpen waren überall. Die ganze Streu musste gewechselt werden. Und das bei dieser Hitze!

Nach dem Händewaschen ging er auf sein Zimmer. Sein Blick wanderte zu den Filmplakaten an den Wänden. Ob er sich um neue kümmern sollte? Diese hingen schon über ein Jahr: Vom ersten James Bond. Dazu Krieg der Sterne, aber auch die Blues Brothers.

Sein Sitzsack. Tief sank er ein. Termine hatte er heute keine, das Handball fiel aus. Sein Trainer hatte sich den Knöchel gebrochen. Ein Blick zum Rechner. Der Highscore war nicht mehr weit entfernt. Doch schon jetzt klebte sein Shirt am Rücken. Der Baggersee. Das wäre eine Alternative zum Zocken. Immer noch ärgerlich packte er die Badeshorts und das Groß-Wallstadt-Handtuch in den Beutel. Dazu seinen

MP3-Player und eine Flasche Limo.

Ein Zettel für Mama. Auf den Esszimmertisch damit. Die Katze wollte raus. Schnurrte um seine Beine. Sie begleitete ihn auf dem Weg zur Garage. Natürlich war das Hinterrad wieder platt. Er brauchte dringend ein anderes Ventil. Sein altes ließ Luft und weigerte sich standhaft, neue aufzunehmen. Alle Kraft auf die Pumpe. Schweiß tropfte. Endlich fuhr er los. Der Badeteich. Konnte er dort den Kopf freibekommen? Vielleicht war sogar Steffi da. Sie war in seiner Messdienergruppe. Filip mochte sie. Aber er war natürlich viel zu feige, um sie nach der Gruppenstunde zur Eisdiele oder gar ins Kino einzuladen.

Ein Stau bis zur Kreuzung. Filip fuhr auf dem Gehweg daran vorbei, bis ganz vor zur Ampel. Er konnte doch auch nichts dafür, dass es keine Radwege gab. Diese Omas mussten sich nicht so aufregen. Es war noch jede Menge Platz, als er sie von hinten überholte.

Er stelle sein Rad an einen Baum und schloss es ab. Das Wasser schimmerte zwischen den Ästen. Die Idee, hierher zu kommen, hatte jedoch auch der Rest der Stadt. Überall Menschen. Filip schlenderte zwischen den Besuchern entlang. Eine Meute Jugendlicher kannte er aus der Schule. Sie waren zwei Klassen über ihm. Musik ertönte trotz der winzigen Boxen in der Lautstärke einer Liveband.

Der Geruch nach Hammel drang in seine Nase. Eine Gruppe von Männern hatte tatsächlich einen Grill hierher geschleift. Einer wedelte mit einem Pappteller gegen die Glut. Frauen verteilten Wassermelonenstücke an Kinder.

Der Bademeister diskutierte mit ihnen und deutete auf ein verblichenes Schild am Zaun. Plötzlich verstanden sie kein Deutsch mehr und antworteten in einer fremden Sprache.

Filip blickte sich um. Nirgends war ein schattiges Plätzchen. Und nirgendwo entdeckte er Steffi. Dort drüben lagen Kai und Kevin aus seiner Klasse und tippten auf ihren Handys. Sollte er sich zu ihnen setzen? Sie würden ihn höchstens dulden. Also stapfte er weiter. Bis ganz nach vorne.

Missmutig breitete er sein Handtuch direkt am Ufer aus. Setzte sich darauf. Schuhe und Strümpfe aus. Die Kopfhörer auf die Ohren. Die Musik tat gut. Die Geräuschkulisse verschwand hinter starken Rhythmen. Dann blickte er sich um: Manche leckten Eis. Der Kiosk war nicht weit. Wespen summten um eine Mülltonne. Einige Braungebrannte aus dem Fitnessstudio warfen sich eine Frisbee zu. Sie landete in einer Gruppe stillender Mütter, die sich lautstark darüber beschwerten. Ein kleiner Hund kläffte – er hörte es nicht. Über allem brannte die Hitze. Sonnencreme? Natürlich vergessen. Dabei war seine Haut empfindlich. Im Wasser befanden sich, trotz der Hitze, nur wenige.

Vor der einzigen Umkleidekabine standen bestimmt zwei Dutzend Personen an. So lange wollte Filip nicht warten. Also zog er die restlichen Sachen aus. Von seinem Handtuch einigermaßen verdeckt. Filip kramte nach seiner Shorts. Da zupfte ihm jemand die Kopfhörer vom Ohr.

»Darf ich mich zu dir setzen? Sonst ist alles voll.« Steffi kniete neben ihm. Ein weißer Bikini. Wie Ursula Andress.

Die Traumfrau aus dem Film Doktor No. Das Plakat an seiner Schranktür ... »Ich bin hier oben!« Sie lächelte verschmitzt.

Filip wurde rot. Immerhin hatte er ihr auf den Busen gestarrt. Außerdem wurde ihm bewusst, dass er in diesem Moment nichts anhatte. »Äh, natürlich«, stammelte er und versuchte, so schnell wie möglich in seine Badehose zu schlüpfen. Wie peinlich! Seine Flamme durfte ihn auf keinen Fall nackt sehen. Wenn sich das rumsprach, konnte er auswandern. Während Steffi lächelnd eine Decke ausbreitete und sich die Sonnenbrille ins Haar steckte, zupfte Filip an der widerspenstigen Shorts. Mist. In der Aufregung hatte er sie falsch herum angezogen. Die Bändel waren hinten und die Taschen vorne. Er sah aus wie ein Idiot.

Steffi schien von alldem nichts zu merken. »Wollen wir ins Wasser?«

»Äh, gleich. Ich muss nur noch schnell ...«

In diesem Moment bemerkte er ein kleines Mädchen. Im See beim Schilf. Keine fünfzig Meter entfernt versank sie. Von der Mutter war nichts zu sehen. Vielleicht war sie in der Umkleide. Die Kleine japste einmal und war im Wasser verschwunden. Kein Schrei, keine Schwimmflossen, kein Bademeister. Sie war einfach untergegangen.

Ohne nachzudenken, sprang Filip auf und rannte. Seinen Po nur halb bedeckt. Ein Sprung über einen Sonnenbader und er war am Ufer. Ein Satz hinein. Eiskalt. Ihm blieb die Luft weg. Halb schwimmend, halb laufend erreichte er die Stelle im See. Das Wasser war trüb. Auch er spürte keinen

Grund unter den Füßen. Warum war ein solcher Bereich nicht abgesperrt? Vom Strand drangen Schreie an sein Ohr.

Tief einatmen. Filip tauchte. Hektisch tastete er um sich. Sehen konnte er nichts. Da ergriff ihn jemand am Bein. Zog ihn tiefer. Er packte zu und drückte sich mit kräftigen Armbewegungen zur Oberfläche. Sekunden der Ungewissheit. Die Lunge brannte. Die Brühe über ihm zeigte kaum den Himmel. Ein weiterer Schwimmzug. Er tauchte auf. Die Kleine auch. Sie schnappte nach Luft. Das Mädchen war gerettet. Es klammerte sich an ihn und schluchzte.

Am Ufer hatte sich bereits eine Menschentraube gebildet. Der Bademeister diskutierte weiterhin mit den Besitzern des Grills und hatte von der Situation nichts mitbekommen. Ganz vorne standen Steffi und eine aufgelöste Mutter. Sie hielt einen Schwimmring in der Hand. Tausendfach dankte sie Filip und begann mit dem weinenden Mädchen zu schimpfen. »Ich habe dir doch gesagt, du musst warten, bis ich ihn aufgepustet habe.«

Steffi lächelte und reichte Filip in seiner verdrehten Hose ein Handtuch. Dann holte sie am Kiosk zwei Eis.

SONNHILD GREVEL

Keine Schäume

Elsa schnäuzte heftig, dann nahm sie einen großen Schluck Kräutertee. Nun lag sie schon den dritten Tag mit einer schweren Erkältung zu Bett. Zum Glück war der Antigentest negativ gewesen, also quälte sie lediglich der übliche grippale Infekt, unangenehm mit den heftigen Gliederschmerzen, aber das würde nach ein paar Tagen Bettruhe überstanden sein. Ärgerlich war nur, dass sie nun nicht das Seminar besuchen konnte, das in drei Tagen am Bodensee beginnen würde und auf das sie sich schon ein halbes Jahr gefreut hatte.

Letzte Woche war erfreulicherweise noch die Bestätigung per Email gekommen, dass die Schulung aufgrund niedriger Inzidenzen wie geplant in Konstanz stattfinden konnte. Und nun diese lästige Erkältung! Wieder schüttelte sie ein heftiger Hustenanfall.

Die Buchstaben des Krimis verschwammen vor ihren tränenden Augen und Elsa legte das Buch zur Seite. Ein heftiger Kopfschmerz ließ sie die Augen schließen.

Inhalt des Seminars war die Anleitung, eigene gesunde Teesorten zu entwickeln durch Kombinieren natürlicher Zutaten. Elsa hatte diverse getrocknete Blätter und Kräuter aus ihrer kleinen Bio-Gärtnerei zusammengepackt und hoffte auf Anregungen, welcher Geschmack sich mit welchen Mischungen wohl erzielen ließ und welche Wirkung die neuen Teesorten auf das Wohlbefinden der Konsumenten haben könnte.

»Mit diesem Kräuterextrakt lässt sich das Fieber innerhalb weniger Stunden senken«, verkündete die Lehrgangsleiterin, »und dieser Sud, gewonnen aus Löwenzahnmilch und afrikanischen Springbohnensamen lässt Entzündungen rasch abklingen.«.

»Die neue Salbeizüchtung erleichtert das Atmen bei schwerem Husten. Mit etwas Zugabe von Eukalyptus kann schon der Hustenreiz abgeschwächt werden«, hörte Elsa sich zur Diskussion beitragen.

»Wie wäre es mit Beigabe von Aloesaft?«, fragte ein bärtiger Teilnehmer, den Elsa noch gar nicht bemerkt hatte. »Das ist ein guter Zusatz«, pflichtete ihm die Leiterin bei. »Aloe Vera ist ein natürliches Antibiotikum, leider als solches noch nicht hinreichend bekannt«.

Elsa sah auf ihren Notizblock: Die neue Kreation war also Fieber senkend, ließ Entzündungen abklingen, erleichterte das Atmen, verminderte den Hustenreiz und wirkte antibakteriell. »Das alles werden wir also morgen zusammenrühren ...«

»Was willst du zusammenrühren?« Elsa fuhr hoch. Am Bett saß Ulrike, ihre beste Freundin und langjährige Mitarbeiterin in der Gärtnerei, und sah sie belustigt an.

»Ich habe wohl geträumt«, stammelte sie, langsam erwachend. »Es war sehr realistisch – ich habe die perfekte Mischung zur Linderung einer Erkältung mit anderen zusammengestellt, schreib mit, das müssen wir ausprobieren«, kam es überraschend energisch von der Kranken, sodass die verdutzte Ulrike ihr Handy zückte und alle Zutaten eingab.

»Kann ich noch was für dich tun?« fragte sie danach ihre Chefin.

»Ja, rühr alles zusammen, koch es auf und bring mir den Tee. Ich will das sofort ausprobieren«. Den skeptischen Blick ihrer langjährigen Mitarbeiterin konterte Elsa mit einem knappen »Träume sind keine Schäume, sondern hilfreiche Hinweise aus unserem Unterbewussten.«

Ulrike murmelte ein *Gute Besserung* und stand eilig auf. Anweisungen der Chefin waren unverzüglich auszuführen.

Elsa schloss wieder die Augen. Was wäre wohl, wenn sie ein Rezept zur Bekämpfung die Covidviren erträumen könnte? Mit natürlichen Zutaten, ohne Nebenwirkungen und extrem effektiv. Dann hätte ihre Großtante bei der ersten Welle nicht sterben müssen. Die 83-jährige Sybille war Zeit ihres Lebens kaum krank gewesen und dann raffte sie ein neu auftretender Virus dahin. Oder der kleine Oskar von nebenan, der zwar an einem Herzfehler litt, aber daran musste man doch im 21. Jahrhundert nicht mehr sterben. Er hielt ihr einen Blumenstrauß hin. »Da für dich, damit du bald anderen helfen kannst« sagt er mit ernster Stimme. Elsa war gerührt, ein Neunjähriger schenkte ihr Blumen. Sie betrachtete den Strauß eingehender: Da waren einige Blüten zwischen großblättrigen Stielen, die sie nicht kannte. Sie würde ihren Onkel Alwin fragen müssen. Der war Biologiedozent an der Uni in Dresden und spezialisiert auf asiatische und orientalische Nutzpflanzen.

»Hier kommt dein Tee, wie gewünscht«, wurde sie aus ihrem Traum gerissen. »Ich brauche erst ganz schnell Papier und Buntstifte«, kam die verblüffende Reaktion vom Krankenbett. »Mach schnell«, trieb Elsa die verdutzte Ulrike an.

Die zögerte kurz. Woher sollte sie so schnell Buntstifte nehmen? Da fiel ihr Blick auf die Schulmappe ihres Sohnes, der eben durchs Tor der Gärtnerei spazierte. »Die malen doch viel in der dritten«, schoss es ihr durch den Kopf. »Bin gleich wieder da«, versicherte sie der ungeduldigen Elsa und war auch nach kaum drei Minuten mit dem Gewünschten wieder zurück. Auch einen kleinen Zeichenblock hatte sie in der Mappe gefunden. Elsa riss ihr die Utensilien aus den Händen und dann saß sie mit hochrotem Kopf da und zeichnete hastig, bis fast ein Dutzend Blätter mit Skizzen von unbekannten Pflanzen und Blüten bedeckt war.

»Das war's«, strahlte Elsa erschöpft mit hochroten Backen, aber sehr zufrieden. »Das wirst du bitte für meinen Onkel Alwin scannen und ihm dann mailen ...« »Und dann?«, wollte Ulrike besorgt eine Antwort. »Das wird sich noch weisen. Jetzt trinke ich erstmal den Tee. Dann weiß ich schon viel mehr«, kam es geheimnisvoll aus dem Mund der Kranken. »Vielleicht ist das Fieber doch wieder gestiegen...«, dachte Ulrike, während sie die Skizzen an die genannte Email Adresse schickte mit dem Zusatz: *Bitte finde für mich die gezeichneten Pflanzen, es ist extrem wichtig. Danke. Elsa.*

Elsa verbrachte eine ruhige Nacht ohne Husten und erwachte völlig beschwerdefrei am nächsten Morgen. Sie fühlte sich frisch und gesund. Das Fieberthermometer zeigte normale 36,6 Grad und so beschloss die so schnell Genesene am nächsten Tag den Zug nach Konstanz zu nehmen. Im Seminar konnte sie die anderen, zunächst zweifelnden Teilnehmer restlos von ihrem neu kreierten Erkältungstee überzeugen.

Ende Januar waren einige Schnupfennasen angereist und auch diese waren schon nach Stunden genesen wie Elsa nur wenige Tage zuvor.

Bei der Verabschiedung konnte Elsa es sich nicht verkneifen zu prophezeien: »Ihr werdet bald noch Erstaunlicheres von mir sehen und hören«. »Elsa – erfolgreich im Kampf gegen alle Krankheiten unserer Zeit«, höhnte die blonde Clarissa, die Elsa ihren Erfolg und die Anerkennung der Gruppe neidete.

»Du hast recht, ich werde Neid und Anerkennung ernten«, kam leise die Antwort.

Wieder zu Hause, wartete sie sehnsüchtig auf die Antwort ihres Onkels aus Dresden. Er konnte fast alle gezeichneten Pflanzen benennen, und ein Blatt ordnete er einer nur den chinesischen Kaisern vorbehaltenen Heilpflanze zu, die aber als ausgestorben galt. Elsa gab sich damit nicht zufrieden, besuchte am Wochenende darauf ihren Onkel und erzählte ihm alles haarklein. Alwin war von den Schilderungen seiner Nichte mehr als beeindruckt und setzte seine Nachforschungen mit Feuereifer fort. Er korrespondierte mit führenden Biologen im In- und Ausland, doch ohne nennenswerte neue Erkenntnisse.

Die Zeit verstrich. Regelmäßig überrollten heftige Infektionswellen, ausgelöst durch neue Mutanten, das Land. Elsa vermarktete mit großem Erfolg ihren Kräutertee und wurde von Jahr zu Jahr wohlhabender. Sie hatte ihren Traum mit Oskars Blumenstrauß schon fast vergessen, als ihr Onkel Alwin eines Tages völlig unerwartet in der Gärtnerei eintraf. Er hielt ihr wortlos eine Kopie hin. Darauf erkannte sie in Sütterlin geschriebene Worte, die sie aber nicht entziffern konnte. »Was steht da geschrieben, Onkel?« »Das ist aus dem deutschen Archiv in Tsingtao, China.«

Als Alwin ihren fragenden Blick sah, fügte er hinzu: »Tsingtao liegt in einer ehemaligen deutschen Kolonie. Dort wurde schon deutsches Bier gebraut. Aber«, fuhr er aufgeregt fort, »diese Aufzeichnung ist etwa hundert Jahre alt und stammt von einem deutschen Apotheker, der dort lebte, und er beschreibt, dass eine Heilpflanze vor etwa hundert Jahren half, eine ausgebrochene Epidemie in den Griff zu kriegen. Das ist die letzte Pflanze deiner Zeichnungen, die ich bislang nicht finden konnte.« Elsa starrte ihren Onkel an. »Und was passiert jetzt?« Onkel Alwin grinste. »Nun werde ich endlich mein schon lange überfälliges Sabbatical nehmen, nach China reisen und versuchen, mehr herauszubekommen. Ich fliege schon nächsten Monat.« Elsa verschlug es die Sprache. »Tja, meine liebe Nichte, entweder wir werden berühmt und reich. Oder ...« »Oder ...?« Elsa fand die Sprache wieder. »Oder ich werde zumindest eine interessante Zeit dort haben«, ergänzte der Onkel.

Elsa brachte Alwin ein paar Wochen später zum Frankfurter Flughafen und sah ihrem Lieblingsonkel mit gemischten Gefühlen nach, als er nach einem Blick auf seine Rolex hastig auf die Absperrung zuging und verschwand. – Was würde er auf seiner Reise in den fernen Osten herausfinden? Emails gingen zweimal die Woche um die halbe Welt, aber der Biologiedozent konnte wenig Aufschlussreiches berichten. Viele offizielle Vertreter behinderten seine Recherche und nach einigen Wochen kündigte er seine baldige Rückkehr an. Als er an der Gärtnerei aus dem Taxi stieg, merkte Elsa sofort, dass er vor Mitteilungsdrang fast platzte. Sie schloss den Laden, und als sie einige Minten später zusammensaßen, holte der Wissenschaftler eine kleine Tüte aus seiner Jackeninnentasche hervor. »Das sind die Samen der besonderen Pflanze. Frag lieber nicht, wie ich drangekommen bin.« Ehrfürchtig betrachtete Elsa die kleinen grauen Körner, die ihr Onkel auf die Leinentischdecke geschüttet hatte. Sie war sprachlos. »Die werde ich jetzt anzüchten in meinem Labor in Dresden und dann sehen wir, ob es die identische aus deinem Traum ist. Soll ich dir ein paar Körner dalassen?« »Du traust es mir auch zu?«, fragte Elsa ergriffen.

»Natürlich«, schmunzelte der Biologe, »du gehst intuitiv und mit viel Biodynamik ans Züchten heran und ich werde mit sämtlichen naturwissenschaftlichen Erkenntnissen der letzten Dekaden arbeiten. Einer von uns wird Erfolg haben. Und jetzt lass uns Kaffee trinken. – Wie spät ist es eigentlich?« »Beste Kaffeetrinkzeit, halb vier«, stimmte seine Nicht zu, doch dann stutzte sie und schaute auf sein linkes Handgelenk »Wo ist denn deine Rolex?« Der gestandene Dozent errötete und antwortete mit rauer Stimme: »Die ist mir in China abhanden gekommen«.

Elsa begriff sofort: Die teure Uhr war der Preis für die seltenen Samen gewesen. Was ein Opfer hatte ihr Onkel gebracht! Die wertvolle Rolex war das Geschenk seiner verstorbenen Frau zur Silberhochzeit gewesen. Elsa stand wortlos auf und brühte den Kaffee. Beide verloren nie wieder ein Wort darüber.

Es waren einige Monate ins Land gegangen, als Ulrike eines Morgens kurz nach der Ladenöffnung in Elsas Büro stürzte. »Ein Keimblatt ist zu sehen«, schrie sie aufgeregt. Elsa stürzte ihr in die abgelegene Ecke des Gewächshauses hinterher und tatsächlich. Über Nacht war ein kleines grünes Blatt aus der Erde im Blumentopf gewachsen. Andächtig standen die beiden Frauen davor. »Wenn das Keimblatt da ist, beim Gießen an Orchideen denken«, flüsterte Elsa. Das hatte ihr Onkel noch gerufen bevor er ins Taxi stieg.

Die beiden Frauen konnten nun der Pflanze fast beim Wachsen zusehen, so schnell trieb sie weitere Blätter und entwickelte exakt die Blattform, die Elsa vor so langer Zeit gezeichnet hatte. Onkel Alwin meldete aus Dresden noch keinen Erfolg. Er freute sich riesig mit seiner Nichte und reiste an, als zwei Blüten dicke Samenstempel zeigten. Aus seiner großen Aktentasche zog er zahlreiche kleine Reagenzgläser mit bunten Stöpseln.

»Ich habe dir von all den andern Pflanzen, die du mir damals gemailt hast, Extrakte gewonnen. Bald kannst du deine geträumte Tinktur mischen. Ich muss leider morgen schon wieder zurückfahren. Einige Doktoranden haben die nächsten Tage ihre Vereidigung. Da kann ich nicht fehlen. Du schaffst das gut ohne mich. Ich werde aber in den renommierten Fachzeitschriften Artikel darüber veröffentlichen, selbstverständlich ohne das Geheimnis der Herkunft oder Details preiszugeben.«

Von da an gönnte sich Elsa kaum eine ruhige Minute, sie erntete und verarbeitete fast alle Teile ihrer gezüchteten Pflanze, der sie den Namen »Mors covidis« gegeben hatte, zu diversen Tinkturen oder trocknete die Samen sorgfältig für spätere Experimente. »Covid-Tod« übersetze Ulrike schaudernd, die auch das kleine Latinum hatte.

So kam, was kommen musste: eine völlig überarbeitete Elsa wachte eines Morgens mit dickem Hals und Fieber auf. Ihr Zustand verschlechterte sich innerhalb weniger Tage dramatisch und zwei Tests zeigten dann auch ein positives Ergebnis. Aktuell schwappte die 7. Welle durch die Republik, sodass kein freies Bett im Kreiskrankenhaus für sie zur Verfügung stand.

Die Kranke nahm es gelassen und als das Fieber auf 40,1 gestiegen war, verkündete sie ihrer besorgten Freundin: »Jetzt ist der richtige Zeitpunkt gekommen, meine Tinktur im Selbsttest zu prüfen. Bring mir das Fläschchen, das ich vor drei Tagen angesetzt habe. Aber koch die Lösung noch mal auf und gib frischen Ingwer und Zitronenmelisse dazu. Dann ist es nicht so bitter.« Ulrike hatte ein mulmiges Gefühl dabei, die Bitte ihrer Chefin zu erfüllen, doch sie wusste: Widerspruch war zwecklos. Also erntete sie im Gewächshaus eine Ingwerknolle und pflückte einige junge Blätter der Zitronenmelisse.

Elsa war in eine fiebrige Apathie gefallen, als ein aufgeregter Oskar wild fuchtelnd auf sie zulief. »Nicht den Sud aus den Blüten darfst du verwenden, die Blüten waren die Grundlage der letzten Mutante, die ihr zutreffend ›Diabolo‹

genannt habt. Damit wollen fernöstliche Syndikate die Weltherrschaft erringen.« Elsa war erschrocken: »Sie retten ihre Elite und einen Bruchteil der Bevölkerung mit einem Sud aus der Wurzel. Die Wurzel hat Heilkräfte, hörst du Elsa, wie auch vor fast hundert Jahren schon.« Sie traute ihren Ohren und Augen kaum: »Danke, mein lieber Junge, ich werde deinen Rat beherzigen«.

Elsa empfand das Schütteln als grob und unangenehm. Es war Ulrike, die sie aus ihren wirren Träumen mit dem unzusammenhängenden Gefasel holen wollte. Das Fieberthermometer zeigte 40,4 Grad an. Es war allerhöchste Zeit, dass Elsa von ihrer eigenen Medizin trank.

Endlich schlug diese die Augen auf und Ulrike wollte ihr die Flüssigkeit mit einem Löffel verabreichen. Als Elsa den immer noch bitteren Geschmack auf der Zunge spürte, spuckt sie das Gebräu aus und schlug Ulrike den Becher aus der Hand. »Das ist tödlich«, röchelte sie mit schwacher Stimme. »Du musst alles nochmal zusammenmischen und kochen, aber diesmal nimm von der Wurzel von ›Mors covidis‹«.

Als Ulrike keine Anstalten macht zu reagieren, nahm Elsa all ihre Kraft zusammen und schrie heiser: »Die Wurzel ist das Heilmittel. Den Sud muss ich trinken«. Sie sank schweißgebadet ins Kissen zurück. »Bitte hilf mir,« hauchte sie noch, dann schlugen die Fieberschübe wieder über ihr zusammen.

Ulrike erschrak über die bläuliche Blässe, die das eben noch fiebrig rote Gesicht ihrer Freundin angenommen hatte. Mit zittrigen Händen wiederholte sie die gesamte Herstellungsprozedur und raspelte andächtig die Wurzel der ominösen Heilpflanze.

Sie staunte über den betörenden Duft, der schon beim Schälen die ganze Küche füllte. Dann war es geschafft: Hastig kochte sie den Sud, mischte ihn wie aufgetragen mit den anderen Zutaten, goss ihn in einen hohen Becher und eilte zu ihrer schwerkranken Freundin.

»Ich bin dir so dankbar ... Oskar ... du wirst mich retten ... und viele andere Menschen ...« lallte Elsa fieberheiß. »Wir wollen es hoffen«, murmelte Ulrike und benetzte zunächst die trockenen Lippen der Freundin. Da öffnete Elsa ganz willig den Mund und Ulrike konnte ihr Löffel für Löffel den Tee einflößen. Nach einer Weile hörte sie die Freundin ganz ruhig atmen. Das angestrengte Röcheln der letzten Stunden war verschwunden und Elsa schien tief zu schlafen. Ihr Gesicht hatte wieder einen rosigen Schimmer angenommen. »Träum dich gesund«, flüsterte Ulrike und die Tränen liefen ihr dabei über die Wangen.

Die Freundinnen wurden im hellen Sonnenlicht gleichzeitig wach. Elsa setzte sich auf und sagte mit klarer Stimme. »Ich fühl mich wie neu geboren«. »Da ist was dran«, grinste ihre beste Freundin. »Die Pflanze hat dich gerettet.« »Ja, und sie wird auch andere heilen. Und jetzt hab ich einen Bärenhunger!« »Bin schon unterwegs zum Bäcker!« Ulrike eilte davon. Sie war so glücklich. Ihre Freundin schien wieder ganz gesund und putzmunter und außerdem freute sie sich ungemein über die Entdeckung der heilenden Wurzel. Das Leben war gut im Moment. Als sie das Frühstückstablett mit Marmelade und Honig fertigmachte, wankte ihr eine tränenüberströmte Elsa ihr entgegen. Ulrike erschrak. »Was ist passiert?«

»Sie ist tot«, brachte die eben Genesene mühsam unter heftigem Schluchzen heraus. »Unsere ›Mors covidis‹ ist tot. Über Nacht hat sie alle Blätter abgeworfen...« flüsterte Elsa. »Was hast du getan, Ulrike?«, schrie sie ihre Freundin an. »Die Wurzel«, stammelte Ulrike, »ich habe ihr doch die halbe Wurzel abgeschnitten ... aber beruhige dich, wir werden weitermachen, es sind noch genug Samen da zum Anzüchten.« Elsa seufzte: »Du weißt, wie aufwändig das war.« Ulrike konnte nur nicken.

»Vielleicht soll es gar nicht sein«, murmelten beide gleichzeitig. »Selbst die besten Erkenntnisse der Wissenschaft wurden schon zum Schlechten missbraucht«, fuhr Elsa nachdenklich fort. »Ich habe irgendwie ein ungutes Gefühl.«

Mittsommertraum

Meine Großeltern waren zu jener Zeit jung verheiratet, als Ehepaare sich noch beim Morgenkaffee ihre Träume erzählten und keine WhatsApp-Nachricht sie dabei unterbrach. In besseren Kreisen hatte Mitte der 1930er gerade das Telefon seinen Einzug gehalten und der schreckliche große Krieg warf noch nicht seinen Schatten voraus.

Sie lebten in einem Dorf nahe Zwiesel im bayrischen Wald, das zweite Kind war unterwegs und Großvater Gustav konnte die kleine Familie gut als Alleinerbe einer kleinen Glasmanufaktur ernähren. In seiner Freizeit war er aber Erfinder und hatte schon einige interessante, aber nicht unbedingt alltagstaugliche Gerätschaften entworfen. So erfreute sich sein automatischer Champagneröffner im Freundeskreis schmunzelnder Beliebtheit, wenn er als Gastgeschenk überreicht wurde. Die wenigsten störten sich daran, dass etwa jede dreißigste Flasche zu Bruch ging, denn es war zu beeindruckend, den kleinen, meist präzise funktionierenden Mechanismus zu beobachten Der Apparat wurde sogar hin und wieder in der Geschäftsstelle für 14,50 Reichsmark verkauft. Selbst wenn bei den neuen Besitzern mal eine Champagnerflasche zu Bruch ging, so traf es meist keine Armen, denn wer sich so viele Flaschen Champagner leisten konnte, verschmerzte auch den Verlust einer einzigen. Seine Frau Sophia, meine Großmutter väterlicherseits, war Künstlerin. Sie malte zauberhafte Aquarelle, die sie auch großzügig verschenkte, und ermunterte später stets ihre vier Töchter, neue

Muster beim Stricken auszuprobieren oder ungewöhnliche Farbkombinationen zu verwenden.

Als im Sommer 1938 das dritte Kind unterwegs war, erfüllte sich die kleine Familie einen lang gehegten Wunsch und besuchte eine entfernte Base der Hausherrin in Südschweden. Es war einer jener skandinavischen Sommer' wo die goldene Sonne nie ganz verschwunden schien und die Menschen lieber die hellen Nächte durchtanzten, weil sie ohnehin kaum Schlaf fanden. Es war wieder spät geworden, doch auch die Kinder hatten sich an die langen Tage und kurzen Nächte gewöhnt. Sophia, mittlerweile im sechsten Monat schwanger, berichtete eines Morgens beim Frühstück von einem merkwürdigen Traum: »Du trägst dich doch schon länger mit dem Gedanken, durch ein neues Produkt den Umsatz der Manufaktur zu steigern«, überraschte sie ihren Mann, sobald der Kaffee eingeschenkt war. »Neben dem Glas hast du die Idee, Porzellan zu fertigen, nicht wahr, mein Liebster?«, fuhr sie sogleich fort.

Gustav nickte zustimmend, denn er hatte eben in ein knuspriges Brötchen gebissen. »Hast du ein ansprechendes Muster gesehen, Sophia? Vielleicht eins, das du schon gemalt hast?«

»Nein«, kam prompt die Antwort. »Ihr werdet es nicht glauben, aber ich habe Zeitungsartikel aus der Druckpresse laufen sehen mit fetten Überschriften.« »Nun ja«, kam es etwas enttäuscht von ihrem Mann, »mit Papier haben wir ja bisher nichts am Hut«. »Vielleicht hat es was mit Schweden zu tun«, warf Base Ingrid ein, »wir haben doch viel Holz und sind führend in der Herstellung von Papier ...« »Nein, auch das nicht«, gab sich Sophia geheimnisvoll, »ein ganz anderes Material. Ich glaube, ihr kommt nie drauf.« »Sag schon, Mama«, quengelte der fünfjährige Wolfgang, der sonst nicht oft den Mund aufmachte.

»Ein Material taucht immer wieder auf, in allen Artikeln oder Überschriften«, spannte die Träumerin die anderen noch ein wenig auf die Folter. »Es wurde überall so enthusiastisch beschrieben, dass ich wirklich felsenfest davon überzeugt bin, dass wir unsere Produktion damit erweitern sollten ...« Sie machte eine wirkungsvolle Pause. »Einige Schlagzeilen sehe ich noch überdeutlich vor mir: »Email wird überall eingesetzt« oder »Email – nicht mehr wegzudenken in modernen Unternehmen. Und ob ihr's glaubt oder nicht, ich habe sogar das Datum auf einer Zeitungsseite lesen können, es war der 15. August 1992.«

Gustav begann zu lachen: »Da spielte dir jetzt die Phantasie einen Streich, das wäre der Tag unserer Diamantenen Hochzeit, mein lieber Schatz. Das soll nicht heißen, dass ich nicht offen wäre für kreative Ideen und neue Produktionen, aber dieses Datum macht das Ganze schon sehr phantastisch...« Danach wurde nicht mehr davon gesprochen und Ende August kehrte eine braun gebrannte und erholte Familie in ihr fränkisches Dorf zurück. Sophia gebar im Oktober das dritte Mädchen und Gustav versuchte vergeblich, seine Enttäuschung zu verbergen. Im darauffolgenden Jahr gingen die Verkaufszahlen stark zurück und eines Morgens brachte Sophia die Idee von der Emailfertigung wieder ins Gespräch.

Gustav ließ sich von ihrer Begeisterung anstecken und entwickelte eine Produktionslinie von Töpfen und Pfannen aus Email. Aus unansehnlichen, oftmals verbeulten Kochutensilien wurde dank Sophias Mustern ein ansprechendes hygienisches Kochgeschirr, das nicht nur auf dem Herd, sondern auch auf dem Esstisch stand. Die Umsatzzahlen des Familienbetriebs stiegen langsam, aber ein weiterer Sommerurlaub in Schweden war noch nicht erschwinglich.

Als die Blätter im Obstgarten gelb wurden, begann der Krieg. Überraschend stieg die Nachfrage nach Email, denn die Holzkisten für Rommels Afrikafeldzug wurden damit zusätzlich zur Blechauskleidung innen beschichtet und dadurch lebensmitteltauglich. Auch als Feldgeschirr der Soldaten kam Email zum Einsatz. Gustav zählte bald zu den sogenannten Kriegsgewinnlern.

»Ich glaube, du hast dich um 50 Jahre verguckt in deinem Traum«, scherzte er eines Sonntags vor Gästen, »die Jahreszahl in deinen Traumzeitungsblättern war nicht 1992. Wir machen ja schon 50 Jahre früher reichlich Gewinn.«

Die Eheleute hatten Mitte August 1942 zu einem kleinen Umtrunk anlässlich ihres 10. Hochzeitstages einige Nachbarn eingeladen. Deren Söhne waren fast alle eingezogen worden und manch einer missgönnte dem feiernden Paar, dass Gustav zu Hause bleiben konnte, weil er kriegswichtige Emailteile herstellte.

Meine Großmutter Sophia hielt die kleine Jubiläumsfeier in ihrem Tagebuch fest, in das sie fast jeden Tag schrieb. Sie berichtete von den neu erworbenen Fähigkeiten ihrer Kinder, aber kommentierte auch das aktuelle Kriegsgeschehen. Anfänglich noch enthusiastisch, wurden die Kriegserinnerungen ab 1942 immer düsterer und ihre Notizen spiegelten all ihre Ängste, als ihr Mann Ende 1944 doch noch eingezogen wurde.

Bei der Haushaltsauflösung viele Jahre später fiel mir das blaue Büchlein in die Hände. Dann lag es viele Jahre unbeachtet in meinem Bücherregal, doch nachdem ich darin zu lesen begonnen hatte, konnte ich es nicht mehr aus der Hand legen. Die Aufzeichnungen endeten mit dem Tod meines Großvaters. Gustav verstarb kurz vor seinem 73. Geburtstag im Mai 1985 an einem Herzinfarkt, und so konnte er nicht mehr erleben, dass Email nicht nur in den ersten Kriegsjahren eine große Bedeutung für seine Firma erlangte, sondern seine Frau Recht mit dem Zeitungsdatum aus ihrem schwedischen Traum Recht behalten sollte, denn in den 1990ern begann mit den modernen Medien der Siegeszug der Email weltweit. Heute ist sie aus unserer täglichen Kommunikation nicht mehr wegzudenken.

Zwergenaufstand

Erschrocken fahre ich hoch. Ich bin schweißgebadet.

»Guten Morgen, Herr Direktor.« Das ist Anna. Unser Hausmädchen. Erleichtert sinke ich ins Kissen zurück. »Hier ist Ihr Tee. Es ist 6.45 Uhr und heute ist Montag, der 27. Mai.«

Sie setzt das Tablett ab und lässt den Rollladen hochfahren. »Ist Ihnen nicht gut, Herr Direktor? Sie sind ganz blass?!«. »Nein, nein, alles in Ordnung' Anna, ich hatte schlecht geträumt«.

Sie schaut mich unsicher an. »Danke, Anna, Sie können gehen«, sage ich schroffer als beabsichtigt, aber ich will allein sein, muss in Ruhe nochmal über meinen Traum nachdenken.

Der Tee tut gut, Darjeeling, doch die schlimmen Bilder aus meinem Traum sind noch verstörend präsent.

Wie war das nochmal? Ich hatte mich eben über die ernüchternde Bilanz des letzten Quartals gebeugt, die wohl einen weiteren Bankkredit erfordern würde, als ich ein kleines Wesen auf der rechten oberen Ecke meines Bildschirms sitzen sah. Es trug eine gelbe Mütze und eine karierte Weste und erinnerte mich an einen Zwerg. Ich rieb mir die Augen, blinzelte kurz, doch da begann dieser Zwerg mit erstaunlich tiefer Stimme zu sprechen: »Du weißt, dass du keinen Kredit mehr bekommst. Du hast schon beim letzten Mal den gesamten Maschinenbestand als Garantie eingesetzt. Jetzt ist Schluss.« Bevor ich protestieren konnte, hob er das Händchen und fuhr einschmeichelnd fort: »Aber keine Sorge, Kurt, ich werde dir helfen.« Ich hustete, denn sonst hätte ich lautstark losgeprustet. Meine Finanzberater konnten mir keine Lösung anbieten, um die drohende Insolvenz abzuwenden, aber dieser Zwerg?

Er ignorierte mein Husten und schaute mich mit seinen listigen Äuglein abschätzend an: »Ganz umsonst ist das aber nicht!« Also gut, dann will ich mich auf diese absurde Diskussion einlassen, dachte ich und verkniff mir eine abfällige Bemerkung. »Und was ist dein Preis?« »Ein Flugzeugabsturz«, kam es messerscharf zurück. Mein Gesicht gefror: »Bist du verrückt? Ich werde doch nicht Passagiere und eine Maschine opfern!«

Der Zwerg grinste schelmisch. »Nein, keine Passagiere. Ich will die alte Frachtmaschine, diese DC 10. Die ist doch schon längst steuertechnisch abgeschrieben. Die lasse ich crashen und du kassierst die beachtliche Versicherungssumme und kannst die Insolvenz vergessen.«

Irgendwie wollte ich aus diesem absurden Albtraum aussteigen, doch andererseits war ich neugierig, wie das ganze weitergehen sollte. »Also«, fragte der Zwerg ungeduldig: »Wie lautet deine Antwort? Bedenke, dass der alte Klepper, bis an den Rand mit hoch versicherter Fracht beladen, gerade von Frisco zurückfliegt und mit einem Absturz im Nordatlantik keine Anwohner zu Schaden kommen.« »Aber was ist mit der Besatzung?«, wandte ich ein. Der Zwerg grinste bösartig. »Heiko März ist Kapitän. Das könnte dich umstimmen.« Der Zwerg hatte verdammt Recht.

Heiko war mein Kompagnon, aber seit geraumer Zeit gab es immer wieder heftigen Streit zwischen uns, weil wir uns leider auf keine gemeinsame Firmenstrategie einigen konnten, was Kapitalaufstockung, Kostensenkung und Modernisierung der Flotte anging. Heiko hatte mit seiner zögerlichen Art die finanzielle Schieflage der Firma mitverschuldet.

Während ich langsam meinen Early-Morning-Tea austrank, dachte ich weiter über meinen beunruhigenden Traum nach. Was sollte er mir sagen? Hatte mich die ernüchternde Bilanz, nein erschreckend ist wohl das passendere Wort, meines Buchhalters gestern so verunsichert, dass sie mich noch in meine Träume verfolgte?

Gut, meine Airline »Sunny Sweet« schrieb derzeit rote Zahlen, doch ein spendables Abendessen mit Gregor Schlüter würde die leidige finanzielle Lage hoffentlich nochmal regeln. Gregor war ein alter Schulfreund und Leiter der ortsansässigen Sparkasse und außerdem Vielflieger in meiner Business Class.

Ein par Stunden später bestellte ich Kaffee bei der Sekretärin, nachdem ich stundenlang über möglichen Einsparungen gebrütet hatte. Ich wunderte mich, warum das heute so lange dauerte, als plötzlich die Tür aufflog und Linda, meine Lieblingsnichte und jüngste Pilotin meiner Flotte, mit dem Kaffeetablett hereinkam. »Überraschung«, rief sie und lachte über mein verdutztes Gesicht. »Ich wollte schon einen Tag früher zurück und habe den Rückflug von San Francisco mit dem eingeteilten Co-Piloten, einem Armin sowieso getauscht. Heiko ist als Kapitän gar nicht so übel. Er hat mich sowohl starten als auch landen lassen. Damit ich mehr Routine bekomme, sagte er.«

Vergeblich versuchte ich, das Zittern meiner Hände zu kontrollieren, und mir schien es, als hörte ich von fern die dunkle Stimme des Zwerges grollen.

HELEN HARTNAGEL

Eine Schale voller Träumereien

In Japan

Hiroshi Yamamoto modellierte den feuchten Ton mit geschickten Fingern, während dieser sich auf der Töpferscheibe drehte. Er wusste, dass er die Schale so rasch wie möglich fertigstellen musste, um den Termin einzuhalten, den ihm sein englischer Kunde gesetzt hatte. Der Mann war am vorherigen Abend in sein kleines Geschäft in der belebten Fußgängerzone von Sendai gekommen, gerade, als er die Läden herunterlassen wollte. Er hatte gesagt, dass er ein besonderes Geschenk für seine Frau wünsche. Es genügte ihm nicht, eines der ausgestellten Töpferstücke zu kaufen, sondern er hatte darauf bestanden, dass Mr. Yamamoto ihm eine Schale anfertige, und erklärte in gebrochenem, aber verständlichem Japanisch genau die Farbe, die Abmessung und die Form, die er sich vorstellte.

Mr. Yamamoto hatte in seinem stockenden, recht unzulänglichen Englisch versucht, unter häufigem Bezug auf sein kleines abgenutztes Japanisch-Englisch-Wörterbuch, ihm klarzumachen, dass eine neue Schale nicht auf die Schnelle geliefert werden könne, da sie viele verschiedene Schritte bei der Herstellung durchlaufen müsse, um ein zufriedenstellendes Töpferstück zu erreichen. Er hatte vereinbart, dass die Schale in zwei Monaten, gegen Ende Juli, fertig sein werde.

Der Engländer hatte das in seinem Notizbuch notiert, und sagte, dass er wiederkommen würde, um die Schale dann abzuholen. Er hatte gesagt, dass er in den nächsten Wochen verschiedene Städte in Japan bereisen würde, und dass es sich mit seiner letzten Geschäftsreise in Sendai gut träfe, vor seiner Abreise Anfang August zum United Kingdom.

Mr. Yamamoto hatte seinen Kunden um eine Anzahlung gebeten und bat ihn auch, seinen Namen in sein Auftragsbuch einzutragen. Der Mann hatte seinen Namen in klaren Großbuchstaben, CHARLES PENROSE, geschrieben und ihm die Nummer seines Mobiltelefons gegeben. Er sagte ihm außerdem, dass er noch nicht sicher sei, in welchem Hotel er wohnen würde, wenn er Ende Juli nach Sendai zurückkehre. Der Töpfer hatte dann Herrn Penrose gefragt, ob er ihm ein Foto von seiner Frau zeigen könnte, damit er sich die Person besser vorstellen könne, für die die Schale bestimmt sei.

Herr Penrose nahm einige Fotos aus seiner Geldbörse und gab Herrn Yamamoto eines davon. Er sagte, dass er es ihm gerne leihen würde, solange er an der Schale arbeitete. Es zeigte eine sehr schöne junge Frau, auf einer Teakholz-Gartenbank sitzend, mitten in einem Rosengarten. Zu ihren Füßen lag ein Pekinese. In ihrer Hand hielt die Frau einen kleinen gelben Ball, den sie offensichtlich gerade für den Hund werfen wollte. Herr Penrose hatte traurig geblickt, als er das Foto sah; sein Gesichtsausdruck wurde starr und kleine Schweißperlen bildeten sich auf seinen Schläfen.

Diese Details waren Herrn Yamamotos Aufmerksamkeit nicht entgangen. Wie bei den meisten Japanern bemerkte er jede Veränderung im Gesichtsausdruck seines Gegenübers. Während er nun arbeitete, blickte Hiroshi Yamamoto noch einmal kurz auf die Frau auf dem Foto. Er sah nicht auf ihr Gesicht – er schaute auf ihre Hände. Er stellte sich diese schlanken europäischen Finger mit rot lackierten Fingernägeln vor, wie sie seine Schale ergreifen würden, um sie mit Süßigkeiten oder Nüssen, oder vielleicht Marmelade oder Müsli zu füllen. Er hatte schon früher gesehen, dass die Leute seine Schalen für solche Dinge verwendeten. Irgendwie schmerzte es ihn, denn er würde es viel lieber sehen, wenn die Leute sie für Reis oder Reiskekse (osembé), oder auch japanisches Pökelgemüse verwendeten. Aber nein, Europäer empfinden nicht in der gleichen Art über den passenden Inhalt; sie haben eine völlig andere Kultur.

Er hatte nicht bemerkt, dass unglücklicherweise etwas feuchter Ton auf das Foto spritzte, weil er es an einem alten Krug auf dem Tisch neben seiner Arbeitsfläche angelehnt hatte. Als sie fertig war, nahm Hiroshi die Schale von der Töpferscheibe und stellte sie auf dem Regal auf der Rückseite seines Arbeitsraums zum Trocknen ab. Sie schien eine gute Schale zu werden, vielleicht eine seiner besten.

Er konnte sie schon vor seinem geistigen Auge sehen: Er würde ihr eine blassgrüne Glasur geben, mit grauen Schatten, wie Wolken, die den oberen Rand entlangliefen. Er fühlte irgendwie tief in seiner Seele, dass diese Schale für eine ungewöhnliche, sogar bedeutungsvolle Zukunft bestimmt war. Die Sonne war untergegangen und sein Arbeitsraum war kalt und feucht. Er zitterte – vielleicht mit dem seltsamen Gefühl einer schlechten Vorahnung – er konnte diese Empfindung nicht beschreiben.

Er wusch seine Hände am Waschbecken und trocknete sie mit einem Papiertuch. Dann ließ er die metallenen Fensterläden an der Vorderseite seines Geschäfts herunter. Er nahm das Geld aus der Ladenkasse, stopfte es sorglos in eine abgewetzte, schwarze Reißverschluss-Kunststofftasche mit Schlaufe an der oberen Ecke. Er steckte seine linke Hand in die Schlaufe und strich geistesabwesend mit dem Zeigefinger über den Verschluss, um sich zu vergewissern, dass er geschlossen war. Dann ging er durch die Hintertür hinaus, die er oben und unten sorgfältig verschloss. Anschließend aktivierte er den elektronischen Einbruch-Alarm und lief die Straße hinunter zu seinem Haus.

Charles Penrose telefonierte am 25. Juli aus Osaka mit Herrn Yamamoto, um zu hören, ob die Schale fertig sei. Er war erfreut zu hören, dass sie fertig war und darauf wartete, abgeholt zu werden. Am Morgen des 28. Juli kam er voller Erwartung in Hiroshis Geschäft. Als er die Schale sah, war er überwältigt von ihrer Schönheit.

»Das ist ein Kunstwerk!«, rief er »meine Frau wird davon ganz begeistert sein. Ich kann es kaum erwarten, ihr Gesicht zu sehen, wenn ich sie ihr gebe. Es ist für ihren Geburtstag.«

Er zahlte Herrn Yamamoto den restlichen Betrag mit knisternden Banknoten. Hiroshi war ziemlich traurig, dass er nun »Auf Wiedersehen« zu seinem Meisterstück sagen musste. Er hatte es für ein paar Tage in sein Schaufenster gestellt, und viele Leute wollten es kaufen.

Er packte die Schale in ein robustes Holzkästchen, das innen mit Seide ausgekleidet war und sagte, während er das tat: »Ihre Frau sollte sehr darauf achten, dass nichts Saures in die Schale kommt, es könnte der empfindlichen grünen Farbe schaden. Ich habe sie auf der Unterseite unter der Endglasur signiert und datiert. Eines Tages könnte sie ein Familienschatz sein.«

Herr Penrose lächelte, als er das Holzkästchen in seinen Koffer packte und sagte: »Dies ist mein Handgepäck für den Flug. Ich hoffe, der Zoll will nicht nachschauen, was in dem Kästchen ist. Goodbye Herr Yamamoto, ich bin Ihnen sehr verbunden, weil Sie ein so wunderschönes Geschenk für meine Frau gemacht haben.«

Er verließ das Geschäft, allerdings vergaß er nach der Photographie zu fragen, welche er dem Töpfer geliehen hatte. Seine Gedanken flogen schon ihren Weg zurück über den Ozean zu seiner geliebten Claire nach England, wo sie in ihrem Landhaus in Cornwall mit ihren drei Kindern und Sushu, dem Pekinesen, auf ihn warten würde.

Einige Tage später entdeckte Hiroshi die Photographie, die hinter seinen Warmwasserbehälter gerutscht war. Er sah, dass sie durch Tonspritzer arg befleckt war. Er drehte das Bild, um zu sehen, ob ein Name auf der Rückseite des Bildes war. Es stand da etwas in kindlicher Handschrift, das er mit Schwierigkeiten entziffern konnte: »Mama und Sushu, für Daddy in Liebe von Rob«.

Er entschied, dass er jetzt nichts mehr mit dem Photo tun könne. Daher steckte er es in eine alte Karteibox, die sich an der

Rückseite seines Ladens befand. Darin vereinte es sich mit anderen Restposten – Tüten mit Kürbissamen, einem zerbrochenen Kyoto Fächer, Papiertaschentüchern und Bindfaden-Resten.

In Cornwall, England, zwanzig Jahre später

Die Sonne brannte heftig auf Susans Nacken, während sie entspannt auf einem Poller am Hafen saß. Die Reflexion der hellen Sonne in dem trüben Wasser mit seinem Ölfilm von den Motoren der Fischerboote blendeten ihre Augen und sie zog ihren Stoffsonnenhut tiefer in die Stirn. Die Flut war fast zu Ende, und bald würde der schlaffe Blasentang vom einlaufenden Meerwasser überdeckt sein. Sie entdeckte eine große weiße Qualle nahe am Kai und fühlte sich leicht angewidert. Eine dieser Kreaturen hatte sie im vergangenen Sommer gestochen, als sie an der Nordküste von Cornwall surfte. Sie erinnerte sich lebhaft, wie schmerzhaft das gewesen war.

Der Geruch von faulendem Fisch waberte aus einem Verschlag am Ende des Kais und stieg ihr in die Nase. Sie dachte, es sei höchste Zeit, dass der Fischerhafen gereinigt würde, damit sich die Touristen an der großartigen Szenerie der Küste Cornwalls vom Ende des Piers aus erfreuen könnten.

Ein junger Mann, der eine Angelrute trug, stolperte fast über ihre ausgestreckten Beine. Susan zog ihre Füße schnell zurück, während sie eine Entschuldigung murmelte. Der Mann schaute kurz herunter und rief aus: »Susan! Bist Du es wirklich? Ich habe Dich so lange nicht mehr gesehen, Du siehst ganz anders aus mit diesem Hut! «

Jetzt war es Susan, die bestürzt war. Sie stand auf, während sie ihren Sonnenhut abnahm und sagte: »Rob! Rob Penrose – was machst Du hier? Ich dachte, Du wärst in Neuseeland.«

Ihre Gedanken gingen zu dem Tag zurück, an dem er ihr im Garten ihres Elternhauses in Cornwall einen Heiratsantrag gemacht hatte, und sie ihm gesagt hatte, dass sie nicht ihn, sondern Patrick Bennet lieben würde. Sie erinnerte sich an den Ausdruck von Schmerz in seinen Augen, die schreckliche Trennung und seine Abreise nach Neuseeland sechs Monate später. Die Vergangenheit schien Teil der Gegenwart zu werden. Es gab eine unangenehme Stille. Rob Penrose antwortete darauf: »Ich habe dort ein sehr nettes Mädchen getroffen, wir heirateten zwei Jahre später und haben ein kleines Mädchen. Ich denke, wir sollten die Vergangenheit vergessen. Hast Du Patrick geheiratet? «

»Ja, wir heirateten in dem Jahr, nachdem Du nach Neuseeland fortgingst. Aber wir haben keine Kinder. Wir leben in der Hoffnung. Patrick hätte gern mehrere Kinder, er ist einer von vieren.«

Sie seufzte tief und wurde ein bißchen rot unter ihrer Bräune, als sie sich vorstellte, wie wunderschön es sein musste, ein Kind zu haben. Sie wechselte das Thema. »Was bringt Dich hierher zurück? Was ist mit Deinen Schwestern? Wie geht es Deinen Eltern? Hat sich Dein Vater zur Ruhe gesetzt?

Robert Penrose sah recht niedergeschlagen aus. Er antwortete: »Ja, Vater ging wegen seines schlechten Gesundheitszustands früh in den Ruhestand. Er hat sich seit Mutters Tod nicht mehr erholt. Er lebt wie ein Einsiedler im Haus und vergräbt sich in Literatur über giftige Kreaturen in Australien; und seine Besessenheit in Verbindung mit giftigen Quallen ist ziemlich erschreckend. Er scheint darauf fixiert zu sein. Es ist schwierig, mit ihm normal zu sprechen. Meine Schwestern haben aufgegeben, es zu versuchen. Sie teilen sich eine gemeinsame Wohnung in London und scheinen nur an ihrem Fortkommen interessiert zu sein. Sie mögen Quallen nicht.«

Susan fragte sich, ob sie richtig gehört habe: Sie rief: »Quallen, warum gerade Quallen? Erzähl mir, was mit Deiner Mutter geschah!«

»Ja, das will ich tun. Aber nicht hier, wo uns jeder zuhören kann. Lass uns zum Eiscafé am Ende der Mole gehen und im Schatten sitzen. Es ist eine lange Geschichte und eine sehr tragische dazu.« Als sie dann dort Platz genommen hatten und Cornish Eiscreme von Papptellern mit hölzernen Spateln genossen, erzählte Rob vom schrecklichen Schicksal seiner Mutter.

»Mein Vater gibt sich die Schuld an ihrem Tod. Er überredete sie vor drei Jahren, ihn auf eine Geschäftsreise nach Australien zu begleiten. Es war der letzte große Auftrag seiner Firma und er wollte ihr mit einem echten Urlaub eine Freude machen, nachdem sie uns Kinder praktisch allein großgezogen hatte. Sie mieteten einen Wagen und fuhren die Sunshine Coast von Queensland, Australien, entlang, aber sie achteten nicht auf die Warnzeichen an den Stränden.

Es war die Jahreszeit der ›Box-Jellyfisch‹ (lateinischer Name: Chironex fleckeri). Sie gingen ins Wasser, um zu schwimmen, ohne auf die tödliche Gefahr zu achten, in die sie sich begaben.

Mutter geriet mit einer dieser Quallen in Berührung und starb trotz Notrettung und allem, was man hätte tun können, kurz darauf im Krankenhaus. Ich denke, Vater geriet in einen Schockzustand. Er kann darüber nicht sprechen, selbst heute nicht.«

Susan schaute entsetzt. Die Eiscreme in ihrem Magen schien sich in einen Eisblock zu verwandeln. Sie fühlte sich wieder angewidert. Im Herzen war sie ganz bei Robs Vater.

»Oh, Rob, das ist ja furchtbar! Da ist es ja kein Wunder, dass er von diesen Tieren ganz besessen ist! Ich denke, mir würde es genauso gehen! Wie kann man ihm helfen? Hast du mal einen Psychiater konsultiert? Er leidet offenkundig an einem Quallen-Trauma«.

»Ja, natürlich, er wurde Top-Spezialisten vorgestellt. Sie sagten uns, wir sollten ihn für etwas anderes interessieren, etwas völlig anderes. In gewisser Hinsicht, so denke ich, gibt es da einen Funken Hoffnung. Gestern war ich dabei, einige Dinge in dem Porzellanschrank umzuräumen, als Dad mir sagte, ich sollte mir ein oder zwei der schöneren Sachen für meine Frau Jane aussuchen, um ihr echtes Englisches Porzellan zukommen zu lassen. Ich nahm eine sehr schöne japanische Schale heraus — blassgrün mit einer Zeichnung grauer Wolken um den Rand. Als ich sie Dad zeigte, begann er zu weinen. Seit gestern Abend sitzt er einfach da und betrachtet die Schale, und ich kann nichts Vernünftiges mit ihm anfangen. Ich denke, er ist nicht zu Bett gegangen.

Als ich heute früh aufstand, sagte er mir, ich sollte meine Angel nehmen und zum Hafen gehen, er möchte für eine Weile allein sein. Er sah sehr gestresst aus und ich wollte nicht mit ihm diskutieren.«

Susan sah sehr besorgt aus. Sie sagte: »Rob, Wir müssen zu ihm gehen. Er könnte Selbstmord begehen oder etwas anderes anstellen. Er darf nicht allein gelassen werden!«

Nun war es Rob, der erschrocken war. Er antwortete: »Du hast recht. Lass uns gleich zu seinem Haus gehen. Ich hätte überhaupt nicht auf ihn hören sollen. Wie dumm von mir, wegzugehen. Die Putzfrau kommt jedoch jeden Tag gegen zehn Uhr; sie kocht auch für ihn. Sie ist eine sehr bodenständige Frau aus Cornwall. Kann sein, dass sie auf ihn aufgepasst hat.«

Sie gingen schnell den Pier entlang zum öffentlichen Parkplatz, der sich am unteren Ende der Steilstraße Richtung Stadtzentrum befand. Rob richtete seine Schritte einem eleganten Sportwagen zu und öffnete die Tür für Susan. Sie sagte: »Hübsches Auto. Ist es von Deinem Vater?«

»Nein, es ist ein Firmenwagen. Sie haben mich sehr anständig behandelt, als ich in Europa war«.

Rob fuhr durch die Stadt hinaus aufs Land und schleuste den Wagen mit Geschick durch die engen Straßen Cornwalls. Als sie am Penrose-Familiensitz ankamen, einem hübschen Manor-Haus in einer ausgedehnten Parklandschaft, rief Susan: »Ich hatte ganz vergessen, wie wundervoll dieser Platz ist! Du kannst froh sein, ein Penrose zu sein, Rob. Ich hoffe, Du kommst eines Tages nach England zurück, um Dich über das alles hier freuen zu können.«

»Meine Frau wünscht sich auch, nach England zurückzukommen, sie ist aus Devon, wie Du weißt. Ihre Eltern wanderten nach Neuseeland aus, als sie zehn Jahre alt war. Ich habe mich beworben bei meiner Firma, damit ich so bald wie möglich wieder nach England zurückversetzt werde.

Wir hätten gerne, dass unsere Tochter, Joanna, hier zur Schule geht. Und dann kann Dad sie wirklich kennenlernen, denn er hat sie bisher nur auf Videofilmen gesehen.«

»Das wäre für ihn das Beste der Welt und würde ihm helfen, sein Trauma zu überwinden«, antwortete Susan nachdenklich.

Frau Lanyon, die tägliche Hilfe der Penrose-Familie, war energisch damit beschäftigt, die Fensterscheiben des Wohnzimmers von innen zu reinigen, die zur Straße hin an der Hausfront lagen. Sie beeilte sich, die Haustür zu öffnen, bevor Rob Zeit hatte, seine eigenen Schlüssel aus der Jackentasche zu ziehen. Sie sah aufgeregt aus und sagte in ihrem breiten Dialekt: »Mr. Penrose, Sie täten gut daran, nach Ihrem Vater zu schauen, er verhält sich so sonderbar. Ich weiß nicht, was nicht stimmt. Ich habe ihm einen leichten Lunch gemacht, den er gerade im Rosengarten isst.«

Rob und Susann eilten über den Rasen zum Rosengarten, bevor Frau Lanyon Luft zum Weitersprechen holen konnte. Während sie liefen, sagte Rob: »Susan, das ist ganz ungewöhnlich. Schau, als Mutter tot war, wurde sie nach dem Quallen-Unfall von Australien zurückgeflogen und wurde, ihrem letzten Willen entsprechend, nach einem sehr bewegenden Trauergottesdienst in der hiesigen Pfarrkirche, eingeäschert. Ihre sterblichen Reste wurden von uns drei Kindern unter den Rosensträuchern verstreut, die sie so liebevoll gepflegt hatte. Dad war zu der Zeit in der psychiatrischen Klinik, er konnte an der Beisetzung nicht teilnehmen. Aber wir haben ihm alles berichtet, als er aus der Klinik entlassen wurde. Seit Mutters Tod hat er nie wieder einen Fuß in den Rosengarten gesetzt.«

Mit einem Gefühl der Beklommenheit sah Susan die Gestalt von Robs Vater, der mit dem Rücken zu ihnen auf einem Teak-Gartenstuhl saß. Vor ihm war ein Tisch mit einem Tablett mit den Resten seines Mittagsmahls. Er war ganz in etwas vertieft und hörte nicht, dass sich jemand ihm näherte.

»Hi Dad, alles in Ordnung? «, rief Rob mit unnatürlich lauter Stimme.

Charles Penrose wandte seinen Kopf etwas und sagte: »Mir geht es gut, Rob. Hast Du Fisch geangelt? Ich schau mir die alten Photoalben an. Komm her und sieh Dir das eine Photo an, da sitzt Claire auf dieser Bank, zusammen mit dem lieben alten Sushu. Du hast es mit Deiner ersten Kamera aufgenommen. Ich erinnere mich daran, dass ich einen Abzug davon in meiner Geldbörse mitführte, wenn ich auf Geschäftsreisen war.«

Plötzlich bemerkte er Susan, die kein Wort gesagt hatte, um seinen Gedankenflug nicht zu stören.

»Oh, hallo! Irgendwie kommen Sie mir bekannt vor, aber mir fällt im Moment leider nicht Ihr Name ein«, sagte er, als er stirnrunzelnd zu ihr aufsah, aber gleichzeitig streckte er seine Hand aus, um ihr Willkommen zu sagen.

Susan war innerlich geschockt über die Veränderung von

Mr. Penrose. Sie erinnerte sich an ihn als einen kräftigen Mann mittleren Alters mit einem Funkeln in den Augen, sehr aufrecht, mit dunklem, zurückgekämmtem Haar ohne Scheitel. Und jetzt sah sie eine gebrechliche, gebeugte Gestalt, das Haar schneeweiß und mit einem leichten Zittern der Hände. Rob stellte Susan vor: »Das ist Susan, Dad. Sie kam früher oft zu uns herüber. Sie ist mit Patrick Bennet verheiratet, dem Augenchirurgen in der Klinik. Ich traf sie unten am Kai – rein zufällig. Ich habe ihr alles erzählt, was sich in unserer Familie ereignet hat.«

»Ach ja, natürlich! Schön, Sie wiederzusehen, meine Liebe. Ich musste durch drei schlechte Jahre, in- und außerhalb der psychiatrischen Klinik. Heute fühle ich mich wieder wie früher – es war die japanische Schale – sie holte mich aus meinem Albtraum. Claire legte immer Süßigkeiten für ihre Gäste hinein. Ich fand einige gezuckerte Mandeln im Schrank, die mir Rob zu Weihnachten geschenkt hat. Bitte nehmen Sie sich eine; die rosafarbenen schmecken am besten.«

»Dad, ich glaube, die Schale hat ein inneres Wunder bewirkt. Schau, Susan, ist es nicht wunderbar?«, sagte Rob leise, als er seinen Arm zärtlich um die schmalen Schultern seines Vaters legte.

Susan versuchte die Tränen in ihren Augen wegzublinzeln. Sie nahm eine Mandel und dankte im Herzen Gott innerlich für die Heilung von Robs Vater von der Seelenqual, die er durchlitten hatte. Sie fühlte, dass Claire Penrose ganz nahe bei ihnen war, dort, im sommerlichen Rosengarten. Eine leichte Brise schüttelte die Blätter der Eichen, die am

Rand des Blumenbeetes standen. Susan hatte das Gefühl, es sei, als ob der Geist der Verstorbenen vor Freude und Erleichterung seufzte, weil Charles Penrose seine innere Harmonie wiedergewonnen hatte.

In Japan – auch zwanzig Jahre später

Das Vermögen der Familie Yamamoto hatte sich über die Jahre beträchtlich vermehrt. Hiroshi hatte beschlossen, sein Geschäft zu modernisieren und den Werkraum zu erweitern, um darin einen zweiten elektronisch gesteuerten Brennofen unterzubringen. Er weihte seinen einzigen Sohn, Kazu, in die alte Kunst der japanischen und chinesischen Töpferei ein, mit der Absicht, gegebenenfalls das Familiengeschäft in seine Hände übergeben zu können. Kazu hatte ein natürliches Talent offenbart, das sein Vater mit Stolz und Freude bemerkt hatte. Sendai war eine florierende Stadt und hatte viele vermögende Kunden, die gerne bereit waren, für ein echtes Yamamoto-Stück eine hohe Summe zu bezahlen.

Es war Hiroshis Geburtstag. Er hatte einen Tisch in einem teureren Sushi-Restaurant reserviert, wo man sich an einem niedrigen Tisch auf Samtkissen in einem traditionellen Tatami-Raum entspannen konnte, diskret abgeschirmt von den anderen Gästen durch die typischen japanischen hölzernen Schiebewände, verkleidet mit durchscheinendem Papier.

Er fühlte sich recht angeheitert, da er eine ordentliche Menge saké getrunken hatte, und seine Frau sich fragte, ob ihr Mann von seinem Kissen wohl selbst aufstehen könne, wenn sie gehen wollten. Sie wusste jedoch, dass es besser war, ihn nicht zurückzuhalten. Sie gab vor, völlig damit beschäftigt zu sein, sich kleine Stücke von brauner Qualle mit ihren hölzernen Essstäbchen in den Mund zu manövrieren, ohne ihren Kimono zu beflecken, derweil warf sie ein wachsames Auge auf Hiroshi. Sie bemerkte Kazu, der sie dabei beobachtete und stellte dann fest, dass sie das letzte Stück Sushi von der Vorlegeplatte gegessen hatte. Sie bedauerte: »Tut mir leid, Kazu, ich weiß, dass Du Qualle gern magst. Sollen wir noch etwas nachbestellen?«

»Nein, Mutter, es ist alles in Ordnung. Ich denke, wir sollten nun nach Hause gehen, Vater hat mehr saké getrunken als üblich«, antwortete Kazu ziemlich respektlos.

Hiroshi lächelte gutmütig und sagte: »Entspann' Dich doch, Kazu! Du bist stark genug, um mich nach Hause zu tragen. Ich muss Euch gerade noch eine merkwürdige Sache erzählen, die sich heute ereignet hat.«

Er lehnte sich über den Tisch zu Frau und Sohn und fuhr fort: »Ich war heute Morgen dabei, meine Kartei-Box auszuschütten, weil morgen die Maler kommen, um die Wände des Geschäfts zu streichen. Ich fand dabei ein altes, verblichenes Photo, das mit Ton-Spritzern beschmutzt war. Es führte mich zu dem Tag zurück, vor gut zwanzig Jahren, als ein Engländer mir das Bild geliehen hatte, nachdem er eine Schale für seine Frau bestellt hatte. Ich möchte immer gern wissen, wer eine Sache benutzen wird, die ich speziell anfertige. Als der Mann die Schale abholte, vergaß er, nach dem Foto zu fragen, und ich fand es erst später, als er längst nach England zurückgekehrt war.«

Ein verträumter Blick fiel über sein Gesicht, und er seufzte tief. Dann sprach er mit Bewegung: »Diese Schale! Sie war ein Meisterstück! Wenn jemand ein Kunstwerk aus einem Klumpen Ton schafft, dann ist das etwas sehr Befriedigendes. Ich könnte mir nicht vorstellen, jemals irgend etwas anderes zu tun – ich liebe es, Töpferware herzustellen. Ich glasierte sie blassgrün – die Farbe der Ruhe – und ich dekorierte den Rand mit grauen Wolken – Wolken des Glücks – denke ich, aber vielleicht auch des Unheils. Sie wartete darauf, mit Schätzen gefüllt zu werden. Ich fühlte mich sehr traurig, als ich mich von der herrlichen Schale trennen musste. Ein paar Monate später stellte ich noch eine ziemlich ähnliche her. Aber als ich sie nach dem zweiten Brand aus dem Brennofen nahm, zerbrach sie in zwei Stücke. Es war sehr entmutigend. Ich habe es dann nicht noch einmal versucht.« Er kämpfte sich auf seine Füße, bedrohlich schwankend, während er sagte: »Ich frage mich, ob die erste Schale noch existiert – vielleicht ist sie schon vor langer Zeit zerbrochen. Wer weiß?«

EDITH KEIL

Der Traum von der ewigen Jugend

Wie lange geistert er schon durch die Gedanken der Menschen, der Traum von der ewigen Jugend, der unvergänglichen Schönheit? Wir wissen es nicht, aber eins ist sicher, unsere nächsten Verwandten, die Menschenaffen, träumen ihn nicht. Als Tiere ist ihr Bewusstsein innerhalb der Bedingungen der Natur. Homo sapiens dagegen hat sich über diese Vorgaben schon vor langer Zeit erhoben, hat Werkzeuge hergestellt, das Feuer zu beherrschen gelernt, Pflanzen kultiviert und Wildtiere gezähmt.

Allerdings glaube ich nicht, dass in jenen frühen Zeiten das Altern oder der Verlust der jugendlichen Schönheit des Körpers eine Rolle gespielt hat, weil die Menschen gar nicht wirklich alt geworden sind. Wer mit 40 Jahren schon als alt und dem Tod nahe gilt, kann sich nicht grämen über die Falten einer Sechzigjährigen.

Die Angst vor dem Alter ist jung, so jung wie die hohe Lebenserwartung, die Wohlstand und Luxusleben geschenkt hat. Im antiken Ägypten und in Griechenland, in Indien, Japan und Italien haben die Menschen sich Masken von Schminke aufgesetzt, um die Augen zu betonen und die Haut zu verbergen. Ob Krankheiten oder Altersfalten darunter verschwanden, spielt da eine geringe Rolle. Auch Perücken wurden vielerorts verwendet. Es ging darum, ein Schönheitsideal nach außen aufrechtzuerhalten.

Und in der Barockzeit ist der Mensch wieder einmal kaum zu erkennen hinter der Maskerade von Kunsthaar, Schminke, Puder und natürlich üppigem Kleiderschmuck.

Auch der Teufel ist gefragt im Kampf gegen das Älterwerden. Mit seiner Hilfe wurden Salben und Tränke gebraut, die ewige Jugend versprachen. Und ich bin sicher, dass damit viel Geld verdient worden ist. Überhaupt spielt Geld in diesem Themenkreis eine große Rolle. Dann nur reiche Leute konnten sich ein Leben ohne kraftzehrende Anforderungen leisten. Wer andere für sich arbeiten ließ, konnte das Leben genießen und älter werden als die von Arbeit Belasteten. Nur für sie, die im Luxus Schwimmenden, bestand das Problem überhaupt.

Aber was geschieht, wenn das Wunder der ewigen Jugend sich einmal ereignet? Wie kann der Mensch damit umgehen? Oscar Wilde hat in seinem Roman Das Bildnis der Dorian Grey aufgezeigt, welche Gefahr in der unvergänglichen Jugendschönheit liegt.

Dorian wird als junger Mann um die zwanzig gemalt und wird sich an dem Bild seiner Vollkommenheit bewusst. Er wünscht spontan, für immer in diesem Zustand zu bleiben. Und der Wunsch geht in Erfüllung. Die Gestalt auf dem Bildnis altert und spiegelt die Abgründe der Exzesse wieder, die Dorian sucht: Sex, Drogen, Korruption, Mord. Er erweckt Liebe und lässt die Menschen dann fallen, Selbstmorde begleiten seinen Weg, ohne dass er Schuld empfindet. Die Schönheit seines unschuldigen Gesichtes ist es ja, welche die Menschen in Liebe und Verzweiflung getrieben hat, nicht er, so entschuldigt er sich. Und die Sicherheit, dass man ihm auch die tiefste Verruchtheit und Gemeinheit niemals ansehen wird, in keiner Falte, in keinem boshaften Zug um den Mund, treibt ihn noch an.

Das ist sicher eine sehr zugespitzte und dramatische Geschichte. Nicht jeder Mensch würde dem Bösen verfallen, wenn er oder sie immer jung und schön bleiben könnten. Aber das Korrumpierbare in der menschlichen Natur ist auch nicht wegzureden. Die andere Seite der Sucht nach der Jugendattraktivität hat uns Thomas Mann aufgezeigt in der Geschichte vom »Tod in Venedig«. Da erblickt Aschenbach auf dem Schiff einen Mann, der in Gehabe und Kleidung von weitem jung wirkt. Aber aus der Nähe erkennt er das Falsche hinter dem schrillen Auftreten, der grellen Schminke und den gefärbten Haaren: Tiefe Falten zergliedern den Puder, gelbe Zähne entblößen sich zwischen faltigen Lippen, der Geruch des Alters umweht die ganze vor Trunkenheit schwankende Gestalt. Der Mensch ist abscheuerregend und wirkt doch auch tragisch auf den Leser.

Er kann wohl nicht anders, als das leichte Spiel der Jugend Tag für Tag mitzumachen, auch wenn er ausgelacht wird. Er ist abhängig von den wenigen Momenten der Gunstbeweise, des Erfolges. Vielleicht erträgt er sich selbst nicht anders als im Kleid der Jugend, obwohl es ihm längst nicht mehr passt.

Und geht es nicht vielen von uns auch so? Haben wir nicht auch manchmal den Eindruck, die oder der habe sich in der Farbe der Kleidung vergriffen oder sollte bei öffentlichen Auftritten doch endlich etwas mehr Stoff zulassen als in ihren zwanziger Jahren? Und das Nachfärben des Haares bei Männern und Frauen bis in die Riege der Hundertjährigen ist doch schon selbstverständlich. Aber ist nicht auch das eine künstliche, aufgesetzte Jugend, die nur von weitem Eindruck macht, während aus der Nähe der Kontrast zwischen dem jugendlich dunklen Haupthaar und der alternden Haut umso stärker hervortritt? – Ich selbst gehörte auch zu denen, die das ergraute Haar lange Jahre unter einem freundlichen Blond verborgen haben.

Ja, was tun wir Menschen nicht alles, um uns im Traum von der ewigen Jugend zu wiegen! Und seit es die Schönheitschirurgie gibt, steigt der Zulauf stetig an, auch unter Männern. Dazu die immer neuen Cremes, Spritzen und Aufpolsterungswunder, die auf dem Markt angeboten werden – für sehr viel Geld, versteht sich. Kaum ein Mensch in der TV-, Film- oder allgemein der Medienbranche, der keine Schönheits-OP oder Botox-Spritzen verzeichnet. Eigentlich machen fast alle mit. Aber wird etwas besser, wenn viele mitmachen?

Nein, die voluminösen Oberlippen und maskenhaft gestrafften Wangenpartien verleihen den Menschen Puppengesichter. Schöner wird niemand damit. Man ähnelt vielleicht aus weiter Entfernung noch den Jugendfotos, aber aus der Nähe ist es umso schlimmer, den Kontrast zwischen gestrafften Partien und natürlich gealterten Hautpartien, wie z.B. den Handrücken, zu sehen.

Das Tüpfelchen auf dem i zur künstlich durch OPs erzeugten Jugend ist dann noch der um 20 Jahre jüngere Lover. Bei prominenten Frauen ist das Phänomen besonders ausgeprägt.

Männer haben auch den Hang nach jüngeren Frauen. Da zählt aber eher das Geld, es macht sexy auch ohne Schönheits-OPs. Oder andersherum, der Mann mit Geld kann ihr die Schönheits-OPs dann bezahlen. Ist das Korruption? Ist das ein Sich-verkaufen?

Nun, finanzielle Absicherung und Wohlstand zu erheiraten, ist eine altbekannte Sache. In früheren Zeiten spielten eh nur soziale Faktoren für die Eheschließung eine Rolle, aber keine romantischen. Das ist ein Luxus unserer Zeit und vielleicht auch eine Illusion. Denn die romantische Liebe besteht die Anforderungen des Lebens nicht besser als die zweckorientierte Partnerwahl. Das Leben meistern ist gefragt, die romantische Liebe ist dabei nur ein Teil, manchmal ein rasch vorübergehender.

Was zählt, sind Respekt vor dem anderen, gemeinsame Ziele und Mut, dafür miteinander zu kämpfen. Und das Altern ist auch eine Herausforderung. Dagegen ist das krampfhafte Aufrechterhalten gewisser Zeichen von Jugendlichkeit eher eine Flucht vor der Realität. Und die hat noch nie geholfen

Der Traum von der ewigen Jugend ist ein vergeblicher Traum, denn er möchte die Sterblichkeit überwinden. Und Lebewesen unterliegen der Sterblichkeit. Ohne Sterblichkeit gibt es kein Leben, Altern ist das, was wir bei Kindern Wachsen nennen, nämlich Entwicklung, nur sozusagen abwärts. Die Zellen verlangsamen ihr Wachstum, bis der Organismus stirbt. Jede Rose, jedes Käferchen erleidet diesen Prozess. Und wir sind dem ebenso unterworfen. Dass wir diese Bedingung mit pharmazeutischen oder chirurgischen Mitteln überwinden könnten, das ist die eigentliche Illusion und offenbart sowohl Hybris als auch die Tragik des Menschen: Er möchte sein wie Gott und ist doch nur ein bisschen Sternenstaub.

Träumerei auf See

Der Walzer von der schönen blauen Donau klang aus. Wenige Paare in fortgeschrittenem Alter mit rosigen Gesichtern beendeten lächelnd diese letzte Runde. Dezent blondierte Damen tupften sich den Schweiß von der Nase und gingen am Arm ihrer Herren an die Tische zurück, wo sie sich bei einem Drink erholten. Der spiegelnde Metallboden des Tanzsalons leerte sich. Die Musiker schüttelten die Blechblasinstrumente aus, packten zusammen und verließen den Saal.

Es war eine typische Mitternachtsszene auf der Fähre von Finnland nach Deutschland, die gegen den auffrischenden Westwind anstampfte. Das baltische Meer war noch ruhig. Dafür würde es im Tanzsalon nun laut werden, denn die jungen Leute wollten auch auf ihre Kosten kommen. Aus Kinosaal, Spielcasino und allen Bars strömten sie herein, viele schon merklich angetrunken. Die Röcke der Frauen waren kurz, die Ausschnitte sehenswert, Männer zeigten viel tätowierte Haut. Die Musik wurde nun von einem DJ präsentiert, der sich alle Mühe gab, die Stimmung richtig anzuheizen. Bald rockte alles und schrie mit erhobenen Armen »Highway to Hell«, ohne darüber nachzudenken, dass man sich auf einem Schiff befand, unter dessen zugegeben stählernem Kiel sich viele Meter höllisch kalten Wassers befanden.

Aber die Titanic hatte auch einen Stahlrumpf und ihr Schicksal ist hinlänglich bekannt. Einer jungen Frau mit brünetter Mähne und engen Jeans gingen diese Gedanken durch den Kopf, während sie die ekstatische Menge der Tanzenden beobachtete.

Sie lehnte mit ihrem Bloody Mary an der Bar und wirkte unschlüssig, ob sie sich in das Getümmel werfen oder lieber stille Beobachterin bleiben sollte. So beurteilte sie jedenfalls der 2. Offizier, der nach beendeter Schicht gern ein Bierchen im Tanzsalon nahm. Er mochte Frauen und auf der Fähre wechselten ihre Gesichter schnell. Das alte Spiel der Annäherung war immer wieder erregend.

Der hochgewachsene Finne trat neben die junge Frau und fragte sie in englischer Sprache nach ihren Reiseerlebnissen. Die junge Deutsche ging eher zögerlich auf das Gespräch ein, wurde aber ingesichts der höflichen Zürückhaltung des Offiziers lockerer und erzählte dann lebhaft von Helsinki und St. Petersburg, ihre erste Scheu war vergessen.

Der attraktive Mann in der gutsitzenden Uniform war nicht nur eine Augenweide, sondern auch ein geistreicher Plauderer, dessen sonore warme Stimme sich wie eine Umarmung um sie legte. Sie prosteten sich zu: »I am Emma«. »And I am Paavo«, sie lachten miteinander und als der DJ eine Bluesrunde begann, traten die beiden Hand in Hand auf die Tanzfläche. Er roch gut und ihre Körper spürten einander im langsamen Rhythmus von Otis Reddings Uraltklassiker »Sittin on the Dock of the Bay«.

Als die Spannung zu stark wurde, löste sich Emma und schlug vor, auf das Oberdeck zu gehen, sie brauche frische Luft. Der Offizier zog sein Jackett an und öffnete ihr höflich die Türen. Als sie nach einigen Stiegen endlich durch die schwere Stahltür auf das Deck traten, empfing sie eisiger

Wind. Trotzdem ging die junge Frau so weit nach vorne, wie es den Passgieren möglich war, um auf die See zu schauen.

Sie spürte das langsame Wiegen des Schiffes und den salzigen Wind auf den Lippen. Sie zitterte und Paavo legte ihr sein Jackett um die Schultern und hielt sie warm. »Nature is wonderful«, sagte sie, bevor er sie küsste. »Come, it's too cold out here«, meinte er schließlich und zog sie fort.

Sie traten durch eine andere Stahltür in den Innenraum des Oberdecks und sie folgte ihm auf anderen Stiegen und Flurfluchten. Der Offizier schloß eine Tür auf, die mit »Staff only« beschriftet war. Sie trat ein und fand sich vor dem blinkenden Instrumentenpult der Brücke. Die junge Frau strahlte ihren Begleiter entzückt an, noch nie war sie auf der Brücke eines Schiffes gewesen, und nun stand sie hier, auf dem Kommandostand dieses riesigen Schiffes, welche die über Tausend Kilometer lange Strecke zwischen Helsinki und Travemünde in weniger als 30 Stunden bewältigte.

Durch die Glasfront wanderte ihr Blick frei über die Ostsee, die wie ein schwarzes Tuch ausgebreitet vor ihr lag, endlos scheinbar. So muss es auch auf der Titanic gewesen sein, ging es Emma durch den Kopf, ein unendliches schwarzes Tuch rund um das hell erleuchtete und von Musik und fröhlichem Menschengezwitscher klingende Schiff. Die moderne Schwester hatte zwar nicht den Luxus des Ozeanriesen von damals, aber sie war fast ebenso groß und besaß einen stärkeren Motor. Bilder zogen an Emma vorüber. Oben erstrahlte die Luxusklasse, wo brilliantenbehängte Frauen edlen Champagner schlürften. Aber unten, in den Decks ohne Bullaugen, dafür mit stickiger Enge und voller Menschen, da hielten verhärmte Frauen kleine Kindern im Arm. Rauchende Männer mit Sorgenfalten zwischen den Brauen blickten finster. In Southampton hatten sie noch gejubelt. Endlich an Bord! Endlich an Bord des stählernen Ungetüms, das sich Titanic nannte. Noch nie hatte es ein derartiges Schiff gegeben. Ein Wunder der Ingenieurskunst. Und dieses Wunder sollte sie in die neue Welt bringen, sie, die armen Handwerker und überzähligen Bauernsöhne, die kein Erbe zu ewarten hatten.

In Europa gab es für sie keine Zukunft, keinen Platz. Aber in den Staaten. Da sollte Platz für alle sein und jeder könnte den richtigen Ort für sein Handwerk und Können finden. So hatten es jedenfalls die Broschüren versprochen, mit denen die Werber auf dem Land und in den Städten unterwegs waren. Und so hatten die erblosen Bauernsöhne und überzähligen Handwerksburschen mit ihren früh gealterten Frauen gespart und noch mehr Entbehrung auf sich genommen, als die karge Entlohnung ihnen sowieso schon abverlangt hatte.

Harte Jahre waren das gewesen. Und dann kam doch der Tag, an dem das große Tor in die Freiheit aufging, sie zu Hunderten im Hafen von Southampton anlangten und die Gangway betraten, einer nach dem anderen. Und nun kämpften sie gegen den Seegang, einigen Kindern war schon übel geworden, die Frauen versuchten krampfhaft, ihre leeren Mägen zu beruhigen. Die Männer rauchten grimmig. Und alle froren sie. Die Kälte der polaren Luft des nordaltlantischen Ozeans schien alles zu durchdringen.

Was für eine Nacht! Ein eisklarer Sternenhimmel funkelte auf das stampfende Schiff herab, das sich gegen den Wind stemmte. Und in weitem Umkreis lauerten zerklüftete Riesen in der schwarzen Nacht.

Was für ein Schicksal! Schmerz durchzuckte die junge Frau. Sie wandte sich den Armaturen zu, um die bedrängenden Bilder loszuwerden. Ein Radar sandte seine Lichtfächer über einen Bildschirm aus, um alle Objekte in Reichweite zu reflektieren. Ein Unglück wie das der Titanic ist mit diesem Schiff nicht möglich, sagte sie sich, und wir fahren ja auch nur auf der Ostsee. Emmas Augen hoben sich bei diesem Wort und glitten über das schwarze Wasser. Ein Leichentuch ist es doch, wieviele Schiffe haben in Jahrhunderten ihren Zielhafen nicht erreicht, wieviele U-Boote liegen noch auf dem Meeresgrund.

Und dann die Gustlow mit den Flüchtlingen. Fast 9000 Menschen verloren ihr Leben, darunter viele Kinder. Alle meine Entchen, summte es in ihrem Kopf, schwimmen auf dem See, schwimmen auf dem See, Köpfchen in das Wasser, Schwänzchen in die Höh. »Dieses Lied kann ich nicht mehr hören, ohne die toten Kinder vor mir zu sehen, die, den Popo in die Höhe gereckt, auf dem Meer umhertrieben.« Das war die Stimme einer Überlebenden des Gustlow-Unglücks gewesen, die für eine Radio-Doku interviewt worden war. »Man hatte die Kinder in Ringe gesteckt und über Bord geworfen, um sie zu retten. Man hatte nicht bedacht, dass der Schwerpunkt eines Kinderkörpers nicht das Becken mit den gewichtigen Beinen ist, wie bei einem Erwachsenen, sondern der

Kopf. Sobald die Rettungsringe mit den Kindern auf dem Wasser landeten, drehte das Wasser sie um, Schwerpunkt nach unten und das Leichte, den Popo, in die Höh.« Am liebsten hätte sich Emma die Ohren zugehalten, aber es war ja in ihrem Kopf und vor dem konnte sie sich nicht verschließen. Krampfhaft fing sie an, I am sailing zu summen, um die düstere Bedrohung loszuwerden. Da berührte sie jemand sanft am Arm und eine junge Stimme flötete: »Emma!« Die Angesprochene drehte den Kopf und hatte Mühe, sich zurechtzufinden. »Hast du etwa geschlafen? Was ist los?«, insistierte die junge Stimme.

Emma murmelte matt: »So 'ne Art Träumerei, glaub ich«, und suchte weiter nach Orientierung: In welchem Film bin ich denn nun? Gerade stand ich doch noch ... Aber die fröhliche Stimme ihrer Schwester unterbrach die gedankliche Spurensuche. »Los komm, Emma, wir müssen uns noch umziehen. In einer Stunde gibt es das große Buffet mit all den skandinavischen Köstlichkeiten.« Sie jubelte förmlich. »Und dann werden wir tanzen, Emma, tanzen, ach, ich fühle, es wird ein großartiger Abend!«

Träumerei

Das Wort ruft im Augenblick eine Melodie in mir auf, eine Da-daaaaa-da-da-da-da-da-daaaa-da-da-da-da- und so fort. Nun geben die Buchstaben nicht wieder, welche Töne sich dahinter verstecken, so will ich es einmal mit Noten versuchen: c-f (lang)-e-f-a-c*-f*-f* (lang)-e*-d*-c*-f* und so fort. Für die Leserinnen: Das Sternchen kennzeichnet die Noten über dem Eingestrichenen C, dazu könnten Sie sich eine Sopranstimme denken oder eine Geige, wenn auch deren Umfänge viel weiter reichen.

Können Sie sich das nun vorstellen? – Nein, immer noch nicht? – Dann sollten wir Robert Schumanns Musik hören, die er am 24. Februar 1838 geschrieben hat.

Dieses kleine Stück bildet den Mittelpunkt der »Kinderscenen«, eines dreizehnteiligen Zyklus für Klavier und gilt heute unter dem Titel »Träumerei« als innigster Ausdruck des romantischen Lebensgefühls. Den Komponisten trieb und trug während dieser Zeit seine liebevolle Sehnsucht nach Clara Wieck. Seine Verliebtheit ließ ihn sich manchmal wie ein Kind fühlen und dieses Schmetterlingsdasein verwandelte der geniale Musiker in Klang. Daher kommt es wohl, dass die Welt den Begriff Romantik bis heute mit Liebesgeflüster und heimlichen Sehnsuchtbriefchen verbindet, mit dem Gefühl, das Dasein sei vogelleicht und jedes Wunder möglich.

Ich spielte das Stück als Teenager auch auf dem Klavier und glaubte seiner Botschaft ohne Zögern und mit Haut und

Haar: Nur so konnte das Leben sein, ein Suchen nach dem wahren Prinzen, und nichts anderes war wichtig, da konnten die Eltern reden, was sie wollten. Dem Suchen würde irgendwann im Ichweißnichtwo das Finden folgen und ein Schmachten und Schmelzen, ein Aufgehen im Zarten und schließlich die Ekstase, die Auflösung des Ichs im Du. – Und mindestens ewig sollte das dauern. So dachte ich das damals und ich fürchte, ich war nicht allein von romantischen Träumen getragen, oder sollte ich sagen: umnebelt? Das waren viele und Sie vielleicht auch.

HANS-JOACHIM KUHN

Eine sonderbare Reise

»In Dammstadt sin alle Heiner.«
Fred Hill (1931-2004)

Als Hoy-Na langsam die Augen öffnete, blickte er in ein grünes Blätterdach und einen darüber liegenden strahlend blauen Himmel. Er lag auf einem weichen, etwas feuchten Untergrund. Aus dem rechten Augenwinkel konnte er sein etwas ramponiertes, silbernes Landegefährt erkennen.

Hoy-Na streckte seine Gliedmaßen aus und vergewisserte sich, dass sie das etwas harte Aufsetzen auf dem Planeten unbeschadet überstanden hatten. Dann erhob er sich vorsichtig und spähte durch das dichte Dickicht vor ihm. Ein kleines Gewässer schimmerte hindurch und rechter Hand konnte er eine hohe Wasserfontäne erkennen.

Er schob ein paar Zweige beiseite ... und stand dem ersten – recht kleinen – Erdenbewohner gegenüber. Der floh mit einem lauten »Quak! Quak! Quak! Quak!« in das kleine Gewässer und brachte sich schnell in eine sichere Distanz zu ihm.

Am gegenüberliegenden Ufer erstreckte sich eine Landschaft aus Grasflächen und hohen Bäumen, die Hoy-Na stark an seinen Heimatplaneten erinnerten. Er konnte in unmittelbarer Ufernähe nur einige der kleinen ängstlichen Lebewesen erkennen, aktivierte seine Antigravitationshilfe und schwebte sanft dem anderen Ufer entgegen.

»Jetzt hawwe se aach noch Schuh erfunne, mit denne mer üwwers Wasser laafe konn!« hörte er aus der Nähe eines Gebüschs zu seiner rechten Seite. »Sache gibbt's!«, erwiderte eine zweite Stimme.

Hoy-Na aktivierte seinen Übersetzer und lief in die Richtung, aus der er die Worte vernommen hatte. Im Gras lagen dort zwei Erdenbewohner – diesmal etwa in seiner Größe – und blickten ihn mit großen Augen an. »Ei wo kommst Du dann her?« fragte der eine.

»Er möchte etwas über Deine Herkunft wissen!« formulierte der Übersetzer und Hoy-Na antwortete mit seiner Hilfe »Ich bin ein Außerirdischer und komme vom Planeten Mak-Tom!« – wie es der Wahrheit entsprach. »Wos? En Auswärdische aus Mäck-Pomm! Na, Hauptsach kaan Offebächer! Do druff en Schobbe!«, sagte der eine und reichte Hoy-Na ein Behältnis mit einer Flüssigkeit, wie es die beiden Erdlinge auch in der Hand hielten. Der Übersetzer rührte sich nicht und so machte Hoy-Na es dem Wortführer nach, führte das Behältnis zu seinem Mund und nahm dessen kühlen Inhalt auf. Er hatte noch nichts Vergleichbares getrunken, empfand den Geschmack und die Kühle aber als recht angenehm. »Isch bin de Schorsch unn mein Kumbel do iss de Didä! Unn wie haaßt Du?« Der Übersetzer meldete sich wieder. »Die beiden heißen Schorsch(?) und Didä(?) und er möchte wissen, wie Du heißt!« Auf die Auskunft »Mein Name ist Hoy-Na!«, rief der Wortführer sichtlich erstaunt aus: »Wos? Hoiner! Ei des iss jo mol en guude Nome fer en Auswärdische! Doi Vorfahre komme wohl aach aus Dammstadt. Do druff en

Schobbe!« Und schon streckten die beiden Erdlinge die Behältnisse wieder in die Höhe, leerten sie dann mit tiefen Schlucken und Hoy-Na tat es ihnen gleich.

»Uff geht's ins Festzelt!« und schon hatten die beiden Erdlinge Hoy-Na untergehakt und liefen mit ihm über die Rasenflächen und unter den Bäumen hindurch in Richtung auf einen Durchgang zwischen zwei großen Gebäuden. Neben diesen Gebäuden standen merkwürdige Bauten, die in bunten Farben blinkten, laute Geräusche von sich gaben und Rauchschwaden erzeugten. Als die drei an ihnen vorbeiliefen, konnte Hoy-Na in den meisten von ihnen Erdenbewohner erkennen, die lachend oder laut schreiend in sich bewegenden Teilen dieser Bauten saßen oder standen. Seine beiden Begleiter bewegten sich zielstrebig einem blau-weiß gestreiften Bauwerk zu, aus dem besonders laute Töne drangen. Drinnen angekommen nahmen sie an einem der langen hölzernen Tische Platz und hatten auf den Ruf »Drei Schobbe Bier!« in Windeseile durchsichtige Behältnisse mit einer goldfarbenen Flüssigkeit und einer weißen Schaumoberfläche vor sich stehen.

Wie zuvor wurden auch diese Behältnisse zunächst in die Höhe gereckt, dann aber beim Herabsenken gegeneinander gestoßen, sodass ein klirrendes Geräusch entstand, und erst dann zum Mund geführt.

Hoy-Na sah sich in dem um, was seine Begleiter Festzelt genannt hatten. In einem Teil gab es eine erhöhte Plattform, auf der Erdenbewohner mit goldglänzenden Geräten saßen, aus denen sie offenbar die lauten Töne erzeugten. Zwei dieser

Wesen hatten keine Geräte, sondern nutzten wohl ihre Stimmen zur Geräuscherzeugung. Rucki-Zucki! Der Übersetzer blieb still. Hoja-hoja-ho! Auch keine Reaktion.

»Des iss de Hoiner aus Mäck-Pomm!« hörte Hoy-Na seinen Begleiter Schorsch einem gerade an ihrem Tisch Hinzugekommenen erklären. »Ei Hauptsach kaan Offebächer!« erwiderte der Neue. »Wer net hüppt is Offebächer. Hey! Hey!« ertönte es vom Nachbartisch und im Umkreis sprangen die Erdenbewohner von ihren Sitzen auf und hüpften im Takt der Rufe. Als es schließlich »Lilie! Lilie!« erschallte, meldete sich der Übersetzer wieder: »Es werden Blumen verlangt!«. Hoy-Na wartete darauf, was wohl nun gebracht würde. Doch nach einem erneuten Ruf »Schobbe!« wurden lediglich neue Behältnisse mit der goldenen Flüssigkeit serviert und keiner schien sich darüber zu wundern, dass keine Blumen mitgeliefert wurden.

»Im Alle-Welt-Treff-hawwe die Amis aus San Andonio e subber Bier!« erklärte der Neue an ihrem Tisch, den man ihm als »Hoins« (?) vorgestellt hatte. »Ei des derfe mer uns net entgeje losse! Trinke mer aus unn mache glei enüwwer!« erwiderte Schorsch.

Draußen war es bereits dunkel geworden und es waren viele Erdenbewohner unterwegs, so dass ein dichtes Gedränge entstanden war. Der Übersetzer hatte zuletzt weitgehend geschwiegen, den Alle-Welt-Treff aber mit »Ein Ort, an dem sich die ganze Welt trifft!« übersetzt – und diese Zusammenkunft schien der gewaltigen Zahl an Erdlingen entsprechend auch gerade im Gange zu sein.

Hoy-Na hatte etwas Schwierigkeiten zu laufen und spürte einen gewissen Schwindel. Drinnen war es wohl doch zu stickig gewesen und es war Zeit, wieder frische Luft zu atmen.

Auf dem Weg durch die Menge sah Hoy-Na ein Bauwerk, in dem sich seiner Landefähre ähnliche Objekte wild in Kreisen und Ellipsen bewegten. Doch die darin sitzenden und schreienden Erdenbewohner konnten nicht abheben, da ihre Fluggeräte aus ihm unerfindlichen Gründen offenbar mit Verstrebungen fest an das Bauwerk gebunden waren.

»Do is de Stand von de Amis!« ließ Hoins wissen. Die vier bahnten sich einen Weg durch eine nun noch dichtere Menge an Erdlingen und standen dann vor drei breit grinsenden Wesen mit großen breitkrempigen Hüten auf dem Kopf. »Vier Schobbe Bier, Tschim!« rief Hoins und bald hielten sie wieder diese durchsichtigen Behältnisse mit der goldfarbenen Flüssigkeit in ihren Händen und stießen miteinander an.

Von ihrem Standpunkt aus konnte Hoy-Na das Bauwerk mit den flugunfähigen Geräten sehen – doch die Bewegungen waren nun noch wilder geworden, denn die Objekte verschwammen vor seinen Augen und sobald er länger in ihre Richtung sah, verstärkte sich sein Schwindel immer mehr.

Ein lauter Knall, gefolgt von einem zweiten, ließ ihn den Blick wieder auf seine Gefährten lenken. »Es Feuerwerk!« rief gerade einer und kurze Zeit später war am nun schwarzen Himmel ein wundervolles Spektakel aus farbigen Lichtern zu sehen, begleitet von zischenden und laut donnernden Geräuschen. Aus der Menge der Erdlinge war ein vielfaches Aaaaah!

und Oooooh! zu hören. Und als nach einem letzten Stakkato der Lichter und Töne schließlich alle lange in ihre Hände klatschten, ertönte es Subber! oder Doll! von hier und da. »Begeisterung!« meldete sich der Übersetzer.

»Nemme mer noch en Absagger?« fragte Schorsch und kurze Zeit später hatte jeder wieder einen Behälter mit dem bekannten Getränk in seinen Händen.

Mit der Zeit leerte sich der Alle-Welt-Treff Stück für Stück. Schorsch gab die ausgetrunkenen Behältnisse zurück, reichte Hoy-Na die Hand und sagte »Aach de scheenste Daach geht emol zu End. Awwer moje hawwe mer jo widder unsern Stammtisch im Grohe. Mach doch aafach aach mit hie!«. Der Übersetzer schwieg und so schaute Hoy-Na seinen Gefährten einfach nur still mit seinen mittlerweile müden Augen an. »Also dann bis moje um elf!« schloss Schorsch und die drei Erdlinge machten sich auf den Heimweg.

Hoy-Na stand noch einige Zeit da und begab sich dann auf wackligen Beinen und mit schwindligem Gefühl auf den Weg zurück zu seinem Landeplatz. Das Gedränge hatte sich überall gelichtet und es war deutlich leiser geworden. Viele der merkwürdigen Bauten blinkten nicht mehr in ihren bunten Farben und die Objekte in ihrem Inneren standen still.

Hoy-Na wusste nicht mehr genau, wie er es genau geschafft hatte, aber vor ihm lag nun das kleine Gewässer, das er vor etlichen Stunden überquert hatte. Die Welt drehte sich um ihn und er ließ sich am Ufer nieder, um für eine kurze Weile zu rasten.

In einiger Entfernung konnte er zwei Erdlinge erkennen – oder waren es vier? Sie schienen etwas in seine Richtung zu rufen. Und als ihm die schweren Augen zufielen, hörte er wie aus weiter Ferne gerade noch ein vertrautes »Schobbe!«

Traumflieger

What a day for a daydream.
What a day for a daydreamin' boy.
The Lovin' Spoonful (1966)

Das Jahr 1966 war bereits weit fortgeschritten, die Blätter der
Laubbäume hatten schon ihre leuchtend rote und gelbe Fär-
bung angenommen und der Wind wehte bereits spürbar über
die Plätze und durch die Straßen der Stadt.

Anfang April war ich von der Grundschule ans Gymna-
sium gewechselt. Als Sextaner besuchte ich dort nun die
Klasse 5b der Viktoriaschule Darmstadt – ein gewisser begriff-
licher Widerspruch, der mir allerdings erst zwei Schuljahre
später mit dem Beginn des Lateinunterrichts bewusst werden
sollte. Da in den Jahren 1966 und 1967 die unterschiedli-
chen Schuljahresrhythmen der Bundesländer aneinander an-
geglichen wurden, kam ich in den Genuss zweier sogenannter
Kurzschuljahre. Das bedeutete, das aktuelle Schuljahr war
nur acht Monate lang und sollte schon Ende November zu
Ende gehen.

Als Sextaner waren wir in den Pausen die Jüngsten auf dem
Schulhof. Wenn man mit den älteren Jahrgängen ins Gespräch kam, bemerkte man schnell andere Interessen, als sie
noch vor Kurzem an der Grundschule üblich waren. Popmu-
sik war eines der großen Themen. Wir schnappten die ange-
sagten Gruppen und Titel des Jahres auf und warteten dann

darauf, dass sie in den Hitparaden des Hessischen Rundfunks und des Südwestfunks gespielt wurden: die Beatles mit der *Yellow Submarine*, die Rolling Stones mit *Paint it black* oder die Spencer Davis Group mit *Keep on running*.

Aber als Jüngste konnten wir uns auch weiterhin einem Zeitvertreib aus der Grundschule widmen, ohne schief angesehen zu werden: dem Papierfliegerbau.

Dabei gab es verschiedene Bauweisen, die unterschiedliche Eigenschaften der Papierflieger bewirkten und damit Vorteile in verschiedenen Wettbewerbsformen brachten. Eine Bauweise eignete sich besonders gut für weite Flüge, eine andere sorgte für eine besonders lange Flugdauer und wiederum eine andere beförderte insbesondere die Flughöhe.

Und heute sollte es in der großen Pause wieder einmal um die Flughöhe gehen, denn der Tag hatte windig begonnen und dies ließ uns alle auf neue Rekordflüge hoffen. In den letzten Minuten vor dem Pausenklingeln wurde deshalb unter dem Schultisch noch eifrig an den Details gefeilt: ist die Front optimal konstruiert, sind die Seiten gleichmäßig aufgestellt, haben die Heckklappen den richtigen Anstellwinkel?

Dann war es endlich soweit. Hinaus auf den Hof und mit ersten Testflügen starten. Nach jedem Versuch kontrollieren, ob noch alles passt. Oder bei Bedarf weitere Verbesserungen vornehmen.

Schließlich hatten alle ihre Tests abgeschlossen, der eigentliche Wettbewerb konnte beginnen. Und der Tag hielt, was er versprochen hatte. Ein Papierflieger nach dem anderen stieg – je nach Geschick des Konstrukteurs im Bau und

Abwurf – bis in die Höhe des ersten oder zweiten Stockwerks des Schulgebäudes. Auch mein Flieger wurde vom Wind dorthin getragen. Doch als es schon fast schien, dass er den höchsten Punkt seiner Flugbahn erreicht hätte, wurde er von einer starken Böe erfasst und in einer wirbelförmigen Bahn immer weiter nach oben gehoben. Dabei kam er der Hauswand gefährlich nahe, doch ein letzter Schwung beförderte ihn über den First des flachen Daches und langsam entschwand er den Blicken des gebannten Publikums.

Ein schrilles Klingeln brachte uns zurück in den Alltag – die große Pause war zu Ende und damit der Traum vom Fliegen.

Am Abend lag ich noch lange wach und hing in meinen Gedanken dem Triumph des Tages nach. Schließlich übermannte mich dann aber doch die Müdigkeit, der sanfte Mantel des Schlafes legte sich über mich und in meinen Träumen erhoben sich Papierflieger in die Lüfte und schwebten den Wolken entgegen.

Ich spürte einen Luftzug und bemerkte, dass ich auf einem der Papierflieger saß. Unter mir zogen Felder, Wiesen und Wälder vorbei. Dann tauchte ein hohes Gebirge vor mir auf und einige Zeit später überquerte ich ein großes Meer. Schließlich überflog ich wieder Land und als sich am Horizont die Silhouetten von Pyramiden abzeichneten, wusste ich, dass ich Afrika erreicht hatte. Nahe bei den Pyramiden erstreckte sich eine große Stadt: Kairo. Ich folgte dem Nil, sah die bewässerten Felder an seinen Ufern und die sich seitlich davon anschließenden Wüsten.

So zogen Ägypten und der Sudan an mir vorbei und ich erreichte den Großen Afrikanischen Graben. Zu meiner linken Seite lag eben noch die Hochebene von Äthiopien und nun tauchte auch schon der Victoriasee, der größte See Afrikas, vor mir auf. Mein Papierflieger machte einen Bogen nach links, überflog die Savannen von Kenia und Tansania und den Kilimandscharo, das höchste Gebirge Afrikas. Über den Malawisee und entlang des Sambesi ging es nun zu den Victoria-Wasserfällen, den der Afrikaforscher David Livingstone 1855 als erster Europäer gesehen hatte. Immer schneller zog die Landschaft unter mir vorbei. Ich überquerte die Kalahari und erreichte schließlich Kapstadt mit seinem charakteristischen Tafelberg. Am Kap der guten Hoffnung endete meine phantastische Reise, denn das Klingeln meines Weckers brachte mich zurück in die Wirklichkeit.

Nach dem Frühstück prüfte ich den heutigen Stundenplan: Biologie, Deutsch, Englisch und Sport. Also Bücher, Hefte und belegte Brote in den Schulranzen, Turnbeutel gepackt und raus auf den Schulweg.

In der Schule angekommen, Schreibmäppchen und Biologieheft auf den Tisch und pünktlich mit dem Klingelton schreitet ... zur Überraschung aller ... nicht unsere Bio-Lehrerin durch die Tür, sondern ein junger Referendar, erst seit wenigen Wochen an unserer Schule. Unsere Lehrerin sei heute unpässlich, wir hätten deshalb ersatzweise bei ihm heute Erdkundeunterricht und würden mit einem kleinen Test starten. Thema: Afrika.

MARC MANDEL

Ich werde es wohl nie erfahren

Acht Sitzschalen. Und eine Bank. Alles besetzt.

»Wer ist als Letzter gekommen, bitte?«

Ein Mann mit schütterem Haar hebt den Blick von seiner Rundschau: »Ich bin erst eine Minute hier.« Offensichtlich hat er den letzten Sitzplatz ergattert. »Sie müssen eine Nummer ziehen.« Er weist auf einen Automaten.

Ich ziehe die Nummer fünfzig.

»Achtunddreißig«, quäkt der Lautsprecher.

Eine Frau steht auf. Ich schätze sie auf dreißig. Wie ein englisches Schulmädchen gekleidet, tänzelt sie zu der Tür. Kokett wirft sie die blonde Mähne in den Nacken. Ob sie nachher noch zu einer Modenschau will?

Ich setze mich auf den freien Platz.

»Neununddreißig«, wird ausgerufen.

Eine schwarzhaarige Dame im Pelzmantel erhebt sich. Im Mai.

Die Frau mit dem Schottenröckchen kommt zurück. Sie hält der Pelzmantelfrau die Tür auf, schiebt irgendetwas in ihre Handtasche, lächelt allen zu und entschwindet.

Bei der Schwarzhaarigen dauert es länger. Vielleicht ist sie gerade hierhergezogen und will sich anmelden. Womöglich steht ihre Wohnung voller Kisten. Einen anderen Mantel hat sie nicht gefunden.

Mir ging es doch ähnlich. Kein halbes Jahr ist das her. Dabei war es gar nicht so dringend mit dem Meldeamt. Aber

Alfred machte es dringend. Der wollte in Ruhe die Lampe aufhängen. Darum schickte er mich los. Und ich sollte Bier mitbringen.

Auf dem Amt dauerte es damals über eine Stunde. Als ich dann unten die Haustür öffnete, kam diese blonde Schlampe die Treppe herunter und schloss ihren Mantel. Seine Kollegin. Wir hatten uns einmal gesehen. Vor Schreck rutschte mir der Sechserträger aus der Hand.

»Welch ein Zufall. Habe oben eine Freundin besucht. Wohnen Sie hier?«

»Seit heute.«

Weg war sie.

»Zweiundvierzig« ruft der Plastiklautsprecher.

War ich eingenickt? Neuerdings schnarche ich ein bisschen. Sagt Alfred. Hat es sogar aufgenommen, mit dem Handy. Der hat es gerade nötig.

An dem Tag, wo ich die blonde Schlampe im Haus traf, hat er nachher andere Schuhe angehabt, als ich kam. Der wechselt doch nicht die Schuhe, um eine Lampe aufzuhängen.

Aber ich hab' nix gesagt. Nie davon reden, immer daran denken. Ist von meiner Mutter.

Hab' ihn dann aber eine Woche nicht drangelassen. Periode. Ganz stark. Er hat's geglaubt. Männer glauben alles. Soll er doch die Blonde fragen. Natürlich ist sie schlank, so jung wie sie ist. Vor zehn Jahren war ich auch dünner als heute.

Als wir eine Woche drin waren, in der Wohnung, hat er mir abends einen Strauß Gerbera mitgebracht. Er kann ja richtig lieb sein, wenn er will. Darum mag ich ihn. Ich habe ihn dann noch vor dem Essen ins Schlafzimmer gezogen.

Ein paar Tage später der Schock. Ein Bild in der Zeitung. Sein ganzes Büro. Acht Leute. Fünf stehend. Davor auf Stühlen der Chef, mein Alfred – und dazwischen die blonde Schlampe. Im Minirock. Mit Stöckelschuhen.

»Heute war der Teufel los. Den ganzen Tag haben Leute angerufen. Wegen diesem Artikel«, er schiebt die Zeitung zur Seite, die ich ihm sorgsam zurechtgelegt habe, »wenn das so weitergeht, brauchen wir noch eine zweite Sekretärin. Aber jetzt bin ich hungrig.«

Ich sage nix. Lasse ihn essen. Mache mich fertig zum Pilates-Training. Da bin ich immer gut zwei Stunden weg.

Als ich danach die Haustür öffne, lasse ich den Schlüssel fallen. Schon wieder die blonde Schlampe. Direkt vor mir auf der Treppe. Im kurzen Kleid. Ohne Strümpfe. Außer Atem. Ein bisschen rot im Gesicht.

»Einen schönen Abend.« Sie ist schon draußen.

Sprachlos renne ich nach oben.

Alfred im Jogginganzug.

»Wie heißt eigentlich die Frau, die in der Zeitung neben dir sitzt?«

»Unsere Sekretärin? Die Sabine. Warum fragst du?«

»Nur so. Ist mir so eingefallen. Hast du den Bochumer Tatort gesehen?«

»Am Sonntag? Klar. Was willst'n wissen?«

Erzählt den ganzen Plot von dem blöden Film. Aber sie heißt Sabine.

Über uns wohnt dieser Straßenbahnfahrer mit seiner Holden. Ganz oben eine Singlefrau. ‚Saskia Karlas' steht auf dem Briefkasten. Sie trippelt morgens kurz nach Alfred durchs Treppenhaus. Da könnte ich zufällig den Briefkasten leeren.

»Schönen Gruß von Sabine. Sie sind doch befreundet, oder?«

»Nummer fünfzig bitte.« Schon wieder der Lautsprecher.

Ich springe hoch und hole meinen Personalausweis ab.

Ob es über uns eine Saskia Karlas gibt, die mit einer Sabine befreundet ist?

Ich werde es wohl nie erfahren.

The Last Waltz [1]

Das Gamma macht dich fertig.

Plötzlich sieht sie es glasklar.

Sie muss weg davon.

Beim ersten Mal war das anders. Vor einem Jahr. Welch eine Droge! Wie Alkohol. Aber ohne betrunken zu sein. Glasklar im Kopf.

Einfach abfahren. Die Muskeln entspannen. Im ganzen Körper. Und im Hirn. Anfassen und angefasst werden. Haut spüren. Intensiv.

Jetzt ist ihr Herz eine Dampframme.

Sie muss zur Ruhe kommen. Zum letzten Mal würde sie sich 'runterrauchen. Nie wieder GHB.

Schon Christian zuliebe.

Ihr wird schwindelig.

Der Gaumen scheint zu oszillieren.

Endlich lässt sie den Rauch entweichen.

Julia sinkt auf das Bett zurück.

Luft. Sauerstoff.

Sie will hinaus in die Sommernacht.

Zu Christian.

Auf dem Rad.

Die Nachtbrise streichelt ihre Haut.

---

[1] The Last Waltz war das Abschiedskonzert der kanadischen BOB-DYLAN-Begleitgruppe The Band am 25. November 1976 im Winterland in San Francisco und der Titel des entstandenen Albums. MM.

Sang da eine Amsel?

Blackbird singing in the dead of night.

Die Schneise hinter dem Friedhof.

Ein einziges Mal hatten sie sich in diesem Schuppen getroffen. Vor vier Monaten? Vor sechs Monaten? War das überhaupt in diesem Abschnitt des Waldes?

Oben der Nachthimmel. Tiefschwarz verhangen. Wo ist der Weg? Der Scheinwerfer ist eine Funzel. Über ihr Baumkronen. Dicht an dicht.

Endlich. Eine Lichtung. Der Umriss des Daches. Hier muss es sein.

Kein Licht aus der Hütte, alle Läden geschlossen.

Ein dichtes Gespinst von Spinnweben versperrt den Trampelpfad zum Eingang. Hier ist seit Monaten niemand vorbeigekommen.

Im Laufschritt zum Fahrrad zurück.

Das Smartphone in der Satteltasche. Ein Druck auf die Einschalttaste. Am Bildschirmrand blinkt »Kein Netz«. Sie verflucht diese gottverlassene Gegend. Der Akku fast leer. Wohin mit dem Gerät? Es wandert in den Ausschnitt ihres T-Shirts.

Eine große Mag-Lite in der Satteltasche.

Zur Hütte mit der Lampe in der Hand.

Blackbird singing in the dead of night.

Nichts.

Spinnweben überall. Selbst über dem auf antik getrimmten Türklopfer. Das nächste Gebäude ist bestimmt hundert Meter entfernt.

Bedächtig umrundet sie den Schuppen.

In diesem Augenblick krabbelt etwas Klebriges über Julias Hand. Verflucht. Wo kommen die bloß alle her?

Sie greift sich das Handy aus dem Büstenhalter.

Acht unbeantwortete Anrufe.

Von Christian.

Blackbird singing in the dead of night.

Freizeichen.

Sie wählt.

»Der von Ihnen gewünschte Teilnehmer ist vorrübergehend nicht ...«

Stopp-Taste.

Fünfundzwanzig Grad zeigt das Display.

Ihr ist heiß. Sie zieht die Schuhe aus. Und die Leggins.

Wovor fürchtet sie sich eigentlich?

Barfuß zerteilt sie das Spinnennetz mit der Lampe.

Vorsichtig.

Es ist zäher, als es aussah.

Der Schlüssel steckt.

Wieso zittern ihre Hände?

Blackbird singing in the dead of night.

Die Tür lässt sich öffnen.

Es riecht wie in einer Gruft.

Innen noch mehr Spinnweben.

Überall.

Diesen Handlampen-Typ gebrauchten amerikanische Polizisten, um sich zu verteidigen. Julia benutzt den Strahler wie eine Machete im Dschungel.

Doch sobald sie sich einen halben Meter nach vorne kämpft, schließt sich das Gespinst um die nackten Beine wie eine Wand; fein, dicht, klebrig, eklig. Hier drinnen sind die Fäden widerstandsfähiger als draußen.

Der Schweiß läuft ihr in die Augen. Spürt sie Fieber?

Eng legt sich das Geflecht von Spinnweben um ihre Schultern. Ihr Weg wird beschwerlicher. Die Fäden bedecken sie nun von Kopf bis Fuß. Irgendwann kommt sie gar nicht mehr weiter.

Zurück auch nicht.

Julia versucht, sich umzudrehen.

Ihr T-Shirt hat sich verfangen.

Sie steckt fest.

Zu wenig Kraft.

Nicht einmal die Hand kann sie heben.

Endlich gelingt es ihr, die Lampe nach oben zu kippen.

Sie erkennt schemenhaft Möbel, einen alten Schrank, Werkzeuge, vor ihr ein Tisch.

Auf dem Tisch ein Sarg.

Es wird hell.

Eine Gestalt. Schön wie ein Engel.

Julia schlägt geblendet die Augen nieder.

Ihr stockt der Atem.

Vor ihr.

Zwei gewaltige Kieferklauen.

Acht behaarte Beine.

Zwei riesige Augen vor einem Leib, groß wie ein Kinderkopf.

Die Mag-Lite fällt zu Boden.

Erlischt.

Julia versucht sich zu bücken.

Das Netz hält sie zurück.

Es knirscht.

Ein Geräusch, wie das Zusammendrücken von Papiertüten.

Schubweise.

Immer lauter.

Unaufhaltsam.

Ohrenbetäubend.

Sie schafft es, den Kopf zu wenden.

Mit einem einzigen gewaltigen Ruck reißt sie die Augen auf.

You were only waiting for this moment to be free.

Christian steht vor ihrem Bett.

Wenn Traumtänzer Träume träumen

Ich träume selten; meistens erinnere ich mich nicht daran. Heute war das anders. In der Nacht habe ich geträumt, dass ich der einzige Mensch bin, der noch selber denkt. Der letzte meiner Art. Bei den anderen sitzt ein Chip an der Stelle der Zirbeldrüse.

Mir fällt immer öfter ein Name nicht ein. Da drüben beispielsweise, auf der anderen Straßenseite, den kenne ich, das ist doch der ... der ... Der hat sich damals in der Stra0enbahn mit dieser Frau gestritten, weil die beiden Schüler nicht aufgestanden sind für die Mutter mit dem Zwillings-Kinderwagen und der kleinen Tochter. Und dann hat er in der Metzgerei behauptet, dass ich in der falschen Schlange stehe, obwohl ich den Laden betrat, als er noch gar nicht da war. Ich bin dann trotzdem vor ihm drangekommen und habe mir einen ganzen Ring Fleischwurst in Scheiben schneiden lassen, damit er länger anstehen musste. Den kenne ich gut. Wenn mir nur jetzt der Name einfiele. Ein halbes Jahr später hat er mir auf dem Weihnachtsmarkt die letzten zwei Thüringer Bratwürste weggeschnappt und demonstrativ beide gegessen. Ganz allein. Na ja, jetzt ist er abgebogen, der Kurt. Genau, Kurt hieß er. Und wahrscheinlich heißt er immer noch so. Hätte ich einen solchen Chip im Gehirn, wäre mir das sicherlich sofort eingefallen.

Oder gestern. Da hat mich eine junge Frau nach dem Weg zu einem Café gefragt. Auf Englisch. Sah aus wie eine asiatische Studentin. Ich fing an zu stottern wie ein Primaner.

Obwohl ich immer sehr gut Englisch konnte. Aber das ist lange her. Führte sie dann in ein Schnellrestaurant, wo sie ebenfalls Kaffee haben. Habe sie eingeladen. Danach gab es noch ein Eis und wir gingen bummeln. Ohne dass sie es merkte, näherten wir uns dem Hochhaus, in dem ich lebe. Mit Händen und Füßen habe ich versucht, sie davon zu überzeugen, mit hochzukommen. Aber sie tat so, als würde sie mich nicht verstehen. Wollte nicht einmal angefasst werden. Mit so einem Computer im Kopf wäre es mir sicherlich nicht schwergefallen, sie mit allen rhetorischen Mitteln 'rumzukriegen.

Wenn ich es mir jetzt so richtig überlege, steht mir mein Hirn immer öfter im Wege. Bevor ich mich zu einem Entschluss durchringe, schießen mir tausend Bedenken durch den Kopf. Ganz abgesehen von den Befindlichkeiten und Hemmungen. Wie oft habe ich mich schon gefragt, warum ich in einer bestimmten Situation nicht einfach laut und deutlich meine Ansicht kundtat, statt verlegen zu schweigen. Da nähert sich ein runder Geburtstag und ich überlege wochenlang, ob ich wirklich hingehen sollte. Und wenn ich mich dann entschieden habe, zermartere ich mir das Hirn für ein passendes Geschenk. Natürlich soll es etwas Persönliches sein, etwas ganz Besonderes, auf das sonst niemand kommt. Und viel kosten darf es natürlich auch nicht. Ob das Geburtstagskind schon eine wasserdichte Espressomaschine im Bad stehen hat? Eine Armbanduhr mit eingebautem Telefon und Blutdruckmesser mit Schrittzähler ist sicherlich schon vorhanden. Aber so eine Brille, mit der man im Internet surfen kann und Pornos anschaut, während man spazieren geht, so etwas kennen viele Leute noch gar nicht. Nein, es gibt Leute, die haben überhaupt keine Affinität zur Technik. Sie erwarten dann eher ein selbstgeschriebenes Gedicht oder handgefertigte Sockenhalter. Man müsste viel mehr über seine Mitmenschen wissen. Währenddessen erhalten die Leute mit dem Chip im Hirn wohl automatisch die originellsten Geschenke per Drohne.

Und an Weihnachten haben sie auch keinen Stress mehr. In meiner Familie wird das jetzt anders. Wir verschenken einfach nichts mehr. Weder zu Weihnachten noch zum Geburtstag. Das ist, weil: Die Leute haben alles. Was das Herz begehrt. Wenigstens diejenigen, die wir kennen. Ich auch. Und darauf bin ich selbst gekommen. Ganz allein. Ohne Chip im Hirn.

GERTY MOHR

Idylle

Jüngst träumte ich vom Schwarzen Meer,
in meinen Armen lag ein Maunzelbär;
ich hörte Wellen rauschen,
saß ich doch still auf meinem Platze –
der Maunzelbär war eine Katze.

Sommertagstraum

Im Abteihof sitzen
zwischen tanzenden Blättern
und hüpfenden Vögeln
die nicht wissen
wohin
ich warte – auf dich

drüben
die eingeschlossenen Bücher
stumme Zeugen
trügerischer Idylle
das Läuten der Glocken
ich warte – auf dich

ein einzelnes Rotschwänzchen
wir betrachten uns stumm
träumen von wärmender Sonne
und lauschen der Einsamkeit.

Lasst uns etwas zusammenrücken
im Geiste die Blumen des Bösen pflücken
uns mit fremden Federn schmückern
und so tun
als sei ich ein anderer

Tagtraum

In der Tristesse
des Mo4gengrauens
stelle ich mir
Dein Lächeln vor

Es begleitet mich
nicht nur an diesem Tag

FRANZISKA MOTAMEDI

Im Schatten der Scheune

Im Schatten der Scheune
Erwacht
Der Traum von vergangenen Zeiten
Ruderboot fahren zu zweit im Fluss
Fische fangen im Überfluss
Entblößte Schultern zum Nachmittagstee
Lockende Blicke verführende Sinne
In der kleinen Hütte am See

Im Schatten der Scheune
Geträumt
Von Glück spiegelnden Augen
Einem Märchenmund so rot
Unserer kleinen Welt im Lot
Deine Zärtlichkeit lässt mich erwachen
Aus Zeiten die nicht mehr sind
Vermisse schmerzlich dein Lachen

Im Schatten der Scheune
Verwaist
Kein Lüftchen regt sich hier
Gedanken fangen Erinnerung an dich
Wollen fassen und retten für mich
Vom Damals hinüber ins Hier
Für eine kurze Weile
Schien im Schatten die Sonne mir

Im Wind

Zwischen den Büschen hinter dem Wind
Durch geschlossene Lider sehe das Kind
Atemlos den Drachen Eigenbau
Über Stoppelfelder ziehen
Fäuste halten fest sein Tau

Der schäbige Ball vom Spiel abgegriffen
Vom tausendmal gegen die Wände
Entfesselte Freude wandelt sich
Blitzschnell in fangende Hände

Verwunschene Wesen mit goldenem Schweif
Beleben im Nu das weiße Papier
Ein Farbenkästchen rot silbern und blau
Verkleckst war es und waren wir

Zwiespältige Wünsche brannten beim Spiel
Wer zuerst spricht hat verloren
Wollte immer plaudernd siegen
Zerbissene Lippen kein Schmaus für die Ohren

Ich muss hier fort
Zwischen den Büschen gebiert ein Luftzug
Jäh ungeheure Naturgewalt
Niemand gebietet dem Wind
Noch rastlosen Jahren Halt

UTE NEUHAUS

Fantasie 1

Chayali, paradiesisches land,
wo ich wohne
mit bloßen Füßen
in den gläsernen gärten
wo ich schaffe
ein Reich
und tausend
bunte gefährten
die all mir zusehen
die all mir zusprechen
und lautlos schillernd
wie seifenblasen
in Luft ersterben
ohne schmerz

Fantasie 2

wir spielen unsere Lieblingsdialoge
in Endlosschleife
bei täglicher Probe
ausgefeilt verfeinert vertieft
das tut gut
bis zum Überdruss
bis der Teufel sich einmischt
die Regie übernimmt
den Wurm Zweifel einsetzt
die Schlangen Tücke und Verrat
alles kippt
der schöne Schein trog
Risse in der Kulisse
das Schloss war ein Kartenhaus
das Stück endet böse
lähmende Leere
kein Applaus

Fernweh

Den Kopf am Fußende
nachts durchs Fenster gucken
jenseits des Flusses glimmt
ein Licht und lockt
läge ich drüben
geschähe das Gleiche

Der dritte Wunsch

Ich wünscht ich wär musikalisch
und könnte singen
ich würde gern mal
ein Tier sein
und dann wissen
wie das ist
käme die Fee
der dritte Wunsch
fiele mir einfach nicht ein
sollte ich etwa
fast glücklich sein

Dies ist ein Tag

wie ein weißer Diamant
man möchte sagen
lupenrein
überwältigende Helligkeit
hier und da versprüht
ein Fenster Funken
der Abend geschmückt
mit einer
schimmernden
Mondperle

Tempelkatze

Klang und Licht
In Kamak
Mit Isis
Durchstreifen wir
Jahrtausende
Musaina kennt das Programm
Sie eilt unserer Schar voraus
Nimmt Platz auf einem Säulenstumpf
Auferstandene Bastet
Als ich sie streicheln will
Wischt sie mir eine
Recht hat sie
Beim Eintrittsgeld
Fehlte ein Tropfen Blut

Der Sommer ist vorbei
Die Feriengäste abgereist
Nur Solito »Kleine Sonne«
Rotgestromt oder auch
So man will »Ganz Allein«
Und Pintad graugestromt
Mit weißem Latz
Und Augen-Makeup
Sitzen mit mir
Im Mondenschein

Komposition

Seht diese Wände!
Diese Augen allein dieser Wände
Haben zehn,
Haben tausend Augenblicke getrunken.
Zwei Spiegel warfen sich
Tausendundzehn trunkene Bilder zu,
und drei Zifferblätter mahlten,
Was zwischen zwei Tagen lag.
Und Augenblicke und Zifferblätter
Und Seufzer
Kreisten im Raum
Und in den Spiegeln.

MARU PECA

Hoch hinaus

Hoch hinaus
wer will das nicht?
Fehlt dir dazu
das Gesicht?
Fehlen dir
die bunten Träume,
fehlen dir
die freien Räume?

Atme tief
die Fantasie.
Frische, Freiheit,
nimm dir sie.
Steige hoch
in neue Sphären.
Du wirst sehn,
du findest sie
deines Lebens
Sinfonie.

Gefangen

schwarzweißer Raum
stürmischer Traum

schwarzweißes Leben
liebendes Streben

geistiger Flitter
gefangen im Gitter

schwarzweißes Sehen
Gedanken verdrehen

endlich endlich
bin ich frei

Traum

ich hatte einen Traum
von einer großen Liebe
ich pflanzte einen Baum
und dacht sie würden beide wachsen
den Baum, den hab ich angebunden
die Lieb jedoch, sie ist verschwunden.

Träume

Träume
sind
freie Räume

lassen
dich wachsen

geben
dir Mut

zeigen
dir Wege

sind
neues Leben

kämpfe
für
deine Träume

REGINA SCHLEHECK

Der Mann ihrer Träume

Es war dunkel, kalt und feucht in dem Verlies. Alaa spürte, wie die Kälte durch ihre Kleidung kroch. Kadu hatte eine Decke um sie gelegt. Aber was konnte das dünne Gewebe schon ausrichten gegen diese Grabeskälte?

Ihre Zehen konnte sie nicht mehr spüren. Sie versuchte, sie zu bewegen, aber es schien, als gäbe es sie nicht mehr. Die Beine waren unter der festen Schnürung ertaubt.

Der Anfang vom Ende. Es sollte ein langes Ende werden, darauf kam es an. Sie musste ihre ganzen Energien darauf richten, möglichst lange durchzuhalten. Sich auf das Wesentliche besinnen, vergessen, was nicht mehr zu retten war, und sich auf das konzentrieren, was noch war.

Alaa ließ die Aufmerksamkeit höher wandern, in die Waden. Es gab sie noch. Hart vor Kälte, aber da war noch Leben in ihnen. Alaas Waden waren kräftig und mit weichem Flaum bewachsen, sinnliche Waden, die ein Mann gerne anfassen und streicheln würde. Kadu hatte ihr versprochen, dass sie einem Mann gehören sollte, der ihren Leib mit seinen Händen berühren würde.

Alaa wusste, dass sie Kadu vertrauen konnte. Er hatte sie vor allen Mädchen ausgewählt. Alaa hatte ihm gesagt, dass sie einem Mann gehören wollte, der ihre Brüste liebkosen und seinen Stab in sie pflanzen würde, so dass sie seinen Samen empfangen konnte wie das trockengelegte Land die Samen von Hirse, Roggen und Gerste, um Früchte zu tragen.

Eine Frucht wird dein Leib nicht mehr tragen können, hatte Kadu gesagt. Aber er wird dich überall berühren und einen Stab in dich pflanzen. Sie werden dich zu ihm bringen, wenn du dein Werk verrichtet hast und der große Fluss gezähmt wurde. Wenn das Land freigegeben ist, das Früchte tragen wird für dich, Alaa. Jede dieser Früchte wird ein Teil von dir sein, dein Kind, das du uns vermachst.

Aber wozu soll ich ihm dann noch gut sein, wollte Alaa wissen, wenn er mich nicht mehr befruchten kann.

Du wirst ihn befruchten, entgegnete Kadu. Er wird reich sein durch dich. Du wirst seinen Ruhm vermehren.

Alaa sehnte sich danach, einen Schluck zu nehmen. Dann würde sie ihn sehen können, das hatte Kadu ihr versprochen. Sie sollte damit warten, bis sie nur noch das Herz in ihrer Brust spüren würde, nicht eher durfte sie trinken. Noch fühlte sie ihre Beine.

Alaa versuchte sich auf ihre Familie, die Freunde zu konzentrieren. Sie wollte ihre Energien spüren, aber es gelang ihr nicht. Sie wusste, dass sie an sie dachten. Sie mochten jetzt die Köpfe zusammenstecken und über sie sprechen. Aber auch wenn alles, was sie sagten, Worte der Liebe sein mussten, der Dankbarkeit, der Verehrung, Alaa konnte es nicht spüren. Sie empfand nur Kälte und Feuchtigkeit.

Die Feuchtigkeit war gut. So sollte es sein. Sie sollte mit der ganzen Energie ihres jungen Körpers die Feuchtigkeit an sich binden. Dazu hatte man sie hierhergebracht, zu der Schleife des großen Flusses auf der anderen Seite. Dazu hatte

Kadu diesen Platz ausgesucht. Er hatte wochenlang die geeignete Stelle gesucht, mit den Bäumen gesprochen, auf die Winde und Gräser gehört und dem Fließen des Wassers nachgespürt. Der große gekrümmte Leib des gewaltigen Flusses wird ein schmaler Arm werden, hatte er gesagt. Du wirst dafür sorgen. Es wird lange dauern, aber so wird es kommen. Das Wasser wird eine Abkürzung finden, zum Segen der Menschen. Es wird dich umfließen. Du, Alaa, wirst in der Mitte liegen, umworben von dem mächtigen Strom. Das Sumpfland wird sich zurückziehen und mit ihm die Krankheiten, das Elend, die Not. Da, wo du bist, wird das Schilf blühen, die Wasservögel werden dort ihre Zuflucht finden, und kein Mensch wird es wagen, in deinem Reich zu siedeln.

Aber wie werde ich den Mann finden, wollte Alaa wissen.

Er wird dich finden, sagte Kadu.

Wie wird er aussehen, fragte das Mädchen.

Der alte Mann hatte noch einen tiefen Schluck von dem Gebräu genommen, er hatte die Augen geschlossen, und dann hatte er ihn beschrieben. Blaue Augen wird er haben, wie der Himmel, der sich im Wasser spiegelt. Sie werden mit Eis überzogen sein, wie das Eis das Wasser bedeckt, wenn es kalt wird, und die Strahlen der Sonne sich darin brechen.

Wie kann er mich sehen, wenn seine Augen mit Eis bedeckt sind, fragte Alaa.

Kadu lachte lallend, weil der Trunk seine Zunge schwer machte. Er wird dich umso besser sehen können, sagte er, weil das Eis das Licht bündelt. Dann hatte er ihr versprochen, dass sie von seinem Gebräu trinken durfte, wenn es soweit war, damit sie ihn auch sehen könne, den Mann, der ihr bestimmt war.

Alaa war jung und stark. Sie lag vierunddreißig Stunden auf dem steinernen Boden, die Glieder fest verschnürt. Dann erst saugte sie mit letzter Kraft an der Schweineblase und nahm den berauschenden Trank in sich auf, den Kadu, der Zauberer, gebraut hatte, um ihr den Übergang zu erleichtern und ihr die Träume zu schenken, in denen sie den Mann sehen würde, dem sie bestimmt war.

Sie sah ihn.

Er beugte sich über sie und hielt den Atem an.

Seine Augen waren tiefblau. Er rückte er seine Brille zurecht und wandte sich ab.

Als er wiederkam, war sein Gesicht verhüllt, von der Nase abwärts. Die Hände hatte er mit einer dünnen Haut überzogen, und damit berührte er sie nun, ganz vorsichtig, so zärtlich, wie sie es nie bei einem Mann erlebt hatte. Er tastete ihren ganzen Leib ab, streichelte ihre Haut und fühlte ihre Muskeln darunter, ihre Sehnen und Knochen.

Dann nahm er einen Stab und führte ihn in sie ein. Alaa träumte nur, sie sah alles vor sich, aber sie konnte die Spitze nicht spüren, die in sie eindrang, und keinen Schmerz empfinden.

Er nahm ein Gerät in die Hand.

Stockstadt, 23.01.2021, 13 Uhr 7, sagte er. Die Frau ist in einem Top-Zustand. Selbst die Körperbehaarung an den Waden ist noch erhalten. Höchstens 14 Jahre. Vermutlich ein

rituelles Menschenopfer der Jungsteinzeit. Eine Gewebe-
probe habe ich entnommen. Das wird die größte Sensation
seit Ötzi. Die ganze Welt wird auf das Oberrheintal blicken!

Liliane Spandl

Betriebsversammlung

»Kommst du mit zur Betriebsversammlung?«, fragt meine Kollegin Ute.

Ich lege die Stirn in Falten. »Betriebsversammlung?«, frage ich nach. »Da war ich noch nie ...«

»Dann wird es Zeit, dass du dich da mal sehen lässt«, sagt Ute. Sie schaut in ihren Taschenspiegel, legt ein wenig Rouge nach und verwuschelt sich ihre kurzgeschnittenen, eigentlich dunkelblonden, aber mit hellblonden Strähnen versehenen Haare.

»Warum nicht?«, sage ich. Schließlich ist das bezahlte Freizeit, und unser oberster Boss wird schon was Wichtiges zu sagen haben.

Ich verzichte demonstrativ darauf, mich ebenfalls aufzuhübschen und fange mir deshalb einen tadelnden Blick meiner Kollegin ein.

Auf dem Weg zur Betriebskantine schweigen wir, was zumindest für Ute ungewöhnlich ist. Sie kann minutenlang sozusagen ohne Punkt und Komma reden, man muss eine kurze Atempause von ihr nutzen, um sie zu unterbrechen.

In der vorgelagerten Caféteria der Kantine – wo die Betriebsversammlung stattfinden soll – kann man sich kostenlos mit Kaffee versorgen. Hinter der Theke stehen zwei Mitarbeiterinnen der Kantine. Eine von ihnen ist anscheinend blind, ihre geöffneten Augen blicken starr in den Raum oder dorthin, wo sie die angesprochene Person vermutet. Sie reißt kleine Kärtchen mit Nummern von einer Rolle ab und hält sie uns hin.

»Gibt's 'ne Tombola?«, fragt Ute neckisch.

»Das sind Ihre Eintrittskarten«, sagt ihre Kollegin, die die Kaffeeausgabe bewacht.

»Gehört der Hund Ihnen?«, fragt mich die Kaffeetante.

»Hund?«, frage ich und schaue nach unten. Ich glaube es nicht: Da steht ein knuddeliger buntscheckiger Promenadenmischling neben mir und schaut mit leuchtenden Augen zu mir auf. Sein Schwanz ist in heftiger Bewegung. Ich bin sicher, dass ich nie einen Hund hatte. Aber bei diesem Exemplar könnte ich schwach werden ...

»Den können'se aber nicht mit reinnehmen», sagt die energische Kaffeetante. Ute nimmt ihren Pappbecher mit Kaffee, zuckt mit den Schultern und deutet an, dass sie schon mal vorausgeht. Typisch, mich einfach mit dem Problem alleinzulassen.

»Ich möchte einen Kaffee«, sage ich zu der Kantinenmitarbeiterin, die ich von der Essensausgabe kenne, wie mir gerade einfällt. Sie will einen Pappbecher füllen, als ich protestiere: »Kein Müll, bitte!«

»Unser Kaffee ist zertifiziert«, schnaubt sie.

»Das mag sein. Aber der Becher sicher nicht«, bemerke ich.

»Ham'se 'n eigenen Behälter?«, fragt sie unfreundlich.

Klar habe ich, denke ich und krame in meiner geräumigen Handtasche. Aber was ist das? Da habe ich doch in der Eile heute Morgen ein Milchkännchen erwischt ...

»Das kostet extra«, sagt sie.

»Wieso kostet das extra?«, widerspreche ich, »das spart doch bei Ihnen Kosten!«

Sie füllt mir das Milchkännchen, stellt es vor mir auf die Theke und bedient eine Registrierkasse.

»Fünf Euro«, sagt sie dann und sieht mich auffordernd an.

»Fünf Euro? Für meinen eigenen Behälter? – Das ist ja –«

»Vorsicht, junge Frau«, unterbricht sie mich, »sonst mache ich von meinem Hausrecht Gebrauch!«

Das ist doch die Höhe! Ich schnappe nach Luft, obwohl mir die »junge Frau« doch ein wenig schmeichelt. Ich beschließe, diesen unwirtlichen Raum zu verlassen. Der Hund folgt mir ungefragt, und die Kantinenfrau ruft mir hinterher:

»Fünf Euro – und der Hund bleibt hier. Den könn'se nachher wieder abholen!«

»Das ist gar nicht mein –« versuche ich zu erklären, aber der Blick der Frau rät mir, mich zurückzuhalten.

»Platz!«, sage ich zu dem Hund, nachdem ich einen Fünf-Euro-Schein über die Theke geschoben habe, und er lässt sich gehorsam nieder, wobei er mich traurig anschaut. »Und bleib!«, befehle ich weiter. Er legt seufzend den Kopf auf seine Pfoten und schaut mir nach. Vielleicht vermisst ihn ja jemand und holt ihn ab, bevor die Betriebsversammlung zu Ende ist.

Ach ja, die Betriebsversammlung! Ich sollte mich beeilen.

Die Tür zur Kantine ist bereits geschlossen. Ich stehe mit meinem Milchkännchen in der Hand davor und mache die Tür einen Spalt auf.

»Ihre Eintrittskarte«, zischt mir ein bärtiger Saalordner zu.

»Eintrittskarte?« Ich schnappe nach Luft. Hat die Tussi von der Caféteria mir überhaupt eine gegeben? Oder habe ich sie irgendwohin gesteckt? Oder hat Ute meine mitgenommen? Ich luge durch den Türspalt, kann sie aber nirgends entdecken. Der Saalordner schließt die Tür und lässt mich mit meinem Milchkännchen auf dem weitläufigen Flur stehen.

Ich lasse mich auf eine Bank in der Nähe der geschlossenen Tür nieder. Kaffeetrinken aus einem Milchkännchen bedarf einer gewissen Übung, die ich nicht habe. Beim ersten Versuch schütte ich Kaffee auf meine weiße Bluse, beim zweiten erschrecke ich über den Lärm, den eine aufgestoßene Tür an der Wand verursacht.

Ich erwache, sitze aufrecht im Bett und führe eine imaginäre Tasse – vielleicht ist es auch ein Milchkännchen – an den Mund. Einem ersten Schmunzeln folgt ein befreiendes Lachen.

Tatsächlich habe ich nie eine Betriebsversammlung besucht, und einen Hund habe ich auch nie gehabt – bisher. Aber diesen süßen Knuffi aus dem Traum hätte ich gern behalten …

Geisterbahn

Meine Reise begann in Oldenburg im Regionalexpress Bremen Hannover. Der Zug war brechend voll, nur mit Mühe fand ich einen freien Platz in einer Vierergruppe eines überfüllten Abteils. Die meisten Mitreisenden waren junge Männer in Uniform: Bundeswehrsoldaten auf Wochenend-Heimfahrt. Sie saßen teilweise in den Gängen auf dem Boden oder auf ihren Koffern und Taschen. Sie unterhielten sich laut, lachten und grölten. Ich hätte gern ein wenig geschlafen, aber bei diesem Geräuschpegel war das unmöglich.

Gedanken an den Verlauf der Hinreise gingen mir durch den Kopf. Wie viel angenehmer war die doch gewesen! Ich hatte eine Freundin in Oldenburg besucht. Sie feierte ihren fünfzigsten Geburtstag, und ich wollte eine Woche bei ihr bleiben. Unsere Kontakte gingen fast fünfzehn Jahre zurück, wir hatten uns während einer Kur kennen gelernt.

Geographisch trennten uns gut 600 Kilometer, sodass wir uns nicht so regelmäßig sehen konnten.

Für die Hinfahrt an einem Samstag hatte ich ein Wochenendticket gelöst. Die Fahrt in den Regionalbahnen war gemütlich, gegen alle Skepsis klappte es mit allen Anschlüssen, obwohl die Zeit zum Umsteigen manchmal sehr knapp war. Die Fahrt dauerte acht Stunden, Ingrid holte mich am Bahnhof in Oldenburg ab.

Wir hatten einige schöne Tage miteinander. Ingrid hatte zwar keinen Urlaub, aber ihren Dienst in einer Pflegeeinrichtung so eingerichtet, dass wir relativ viel Zeit miteinander verbringen konnten.

Die Rückfahrt hatte ich für Sonntag geplant – ebenfalls mit Wochenendticket. Meine Fahrkarte hatte ich bereits am Donnerstag gekauft, als wir von einem Ausflug nach Wilhelmshaven zurückgekommen waren. Dann stellte sich jedoch heraus, dass Ingrid das ganze Wochenende über Dienst hatte.

Kurz entschlossen zog ich deshalb meine Rückfahrt auf Freitag vor, da ich das Wochenende nicht allein in Oldenburg verbringen wollte.

Ich ging davon aus, dass ich die Karte gegen ein anderes Ticket umtauschen könnte. Natürlich hatte ich dem Fahrschein keine große Aufmerksamkeit gewidmet, und erst am Freitag auf dem Bahnhof in Oldenburg stellte ich fest, dass man das Wochenendticket weder umtauschen noch zurückgeben konnte.

Ich kaufte mir ein Niedersachsen-Ticket und suchte auf dem Fahrplan eine Verbindung nach Hannover, die mich letztlich in den überfüllten Regionalexpress führte.

Ich vertrieb mir die Zeit mit dem Lesen eines Krimis und Musik aus dem MP3-Player. Beide wirken bei mir ungemein schlaffördernd. Wenige Seiten Lesen oder eine Viertelstunde Musik genügen, um mich zumindest in leichten Schlummer fallen zu lassen.

In Oldenburg hatte ich mir in der Bahnhofsbuchhandlung noch einen Krimi gekauft. Ich gebe zu, ich bin krimisüchtig. Immer wieder nehme ich mir vor, etwas literarisch

Anspruchsvolleres zu lesen, doch irgendwie landen stattdessen Krimis in meiner Tasche. Mit meinen Musikvorlieben bin ich etwas anspruchsvoller: Auf meinem MP3-Player habe ich nur klassische Stücke gespeichert.

Zunächst lenkte mich die spannende Krimilektüre von dem turbulenten Geschehen um mich herum ab. Dass Leute über Koffer, Taschen und schlafende Menschen stiegen, um sich innerhalb des Zuges von A nach B oder von C nach D zu begeben, bekam ich nur am Rande mit.

Nach einigen Seiten Lesen entschied ich mich für Musik. Beim ersten Satz von Dvořaks Neuer-Welt-Sinfonie war ich noch in Versuchung, leise mitzusummen, was ich aus Rücksicht auf meine Mitreisenden jedoch unterließ. Ich schloss die Augen und lauschte dem Largo mit seiner wehmütigen Weise, die oft als Heimweh des Komponisten interpretiert wird, versuchte meine Gedanken zur Ruhe kommen zu lassen, und tatsächlich stellte sich schnell eine friedliche Gelassenheit ein. Die Hörner und Trompeten des Finales, das dahinwirbelnde Triolen-Thema der Violinen und die romantische Klarinettenweise erreichten nur noch mein Unterbewusstsein.

Irgendwann spürte ich ein dringendes menschliches Bedürfnis, und mir wurde klar, wohin die Menschen mit verkniffenen Gesichtern gingen und woher sie erleichtert wieder zurückkehrten. Allerdings wurde es mir mulmig, wenn ich daran dachte, meinen Rollkoffer, eine Reisetasche und mein Buch einfach so zurückzulassen, um eine Zugtoilette aufzusuchen.

Aber Hannover war noch weit weg, so lange konnte ich nicht warten.

Ich stand von meinem Fensterplatz auf, zwängte mich entschuldigend zwischen drei Beinpaaren aus der Vierergruppe hindurch, konnte im letzten Augenblick einer am Boden ausgestreckten Hand im Anhang eines uniformierten Arms ausweichen, bahnte mir dann einen Weg über liegende oder vorbei an stehenden Menschen, die mich gleichgültig oder mit einer gewissen Schadenfreude betrachteten.

Meine Augen orientierten sich an dem Schild »WC« mit dem Pfeil, der nach vorne zeigte. Ich überquerte eine Ausstiegsplattform, erreichte das nächste Zugabteil, stolperte weiter, die Augen auf das WC-Schild gerichtet, das mir am anderen Ende ins Blickfeld sprang. Es ging weiter über ein Verbindungsteil zum nächsten Waggon, ins nächste Abteil, immer die Augen auf das WC-Schild gerichtet, das regelmäßig am Ende jedes Abteils auftauchte.

Ich schwitzte, spürte mein Herz dumpf gegen die Rippen schlagen, meine Blase drückte, ich glaubte die Blicke der Menschen, an denen ich vorbeiging, auf meiner Haut zu spüren.

Irgendwann hatte ich den letzten Waggon, das letzte Abteil durchquert. Genau genommen war es natürlich das erste, da ich mich in Fahrtrichtung bewegt hatte.

Nun entdeckte ich auch die Toilette – natürlich war sie besetzt. Ich wartete – mir kam es wie eine Ewigkeit vor, aber vermutlich waren es nur eine oder zwei Minuten.

Ein dicker älterer Mann, noch damit beschäftigt, seine Hosenträger unter der Jacke zu ordnen, ließ die Tür offen, als er an mir vorbei auf den Flur trat.

Gerade als ich mich auf dem Toilettensitz niedergelassen hatte, hielt der Zug an. Man hatte mir immer gesagt, dass man in einem stehenden Zug seine Notdurft nicht verrichten solle, da das Ganze sich dann auf die Gleise innerhalb des Bahnhofs er-gießen würde, aber der Strom war nicht aufzuhalten.

Während ich mir, dankbar vor Erleichterung, die Hände wusch, fuhr der Zug wieder an. Ich kontrollierte, ob ich meine Rucksack-Handtasche wieder umgehängt hatte – körpernah, damit man sie mir nicht entreißen könne –, dann verließ ich das WC und trat den Rückweg an.

Auf der Suche nach meinem Sitzplatz, wiederum durch den ganzen Zug, bemerkte ich erst, an wie viel Toiletten ich vorbeigegangen war, und im Grunde hatte ich natürlich gewusst, dass sich in jedem Waggon ein WC befindet. Aber die Hitze, das Menschengewimmel um mich herum, Müdigkeit, vielleicht auch die Ablenkung durch den Krimi und die Musik aus dem MP3-Player hatten mich völlig irritiert.

Was nun folgte, war noch schlimmer als der erste Teil des Abenteuers. In umgekehrter Richtung durchquerte ich Abteil um Abteil, Waggon um Waggon. Ich fand meinen Sitzplatz nicht mehr. Als ich am anderen Ende des Zuges angekommen war, glaubte ich mit dem Schweiß auch Blut zu schwitzen. Ich versuchte meinen rasenden Herzschlag zur Ruhe zu bringen, ging den gleichen Weg nochmals zurück, bis ich wieder vor der von mir benutzten Toilette stand.

Alptraumhaft wurde mir bewusst, dass der Zug gehalten

hatte, während ich auf der Toilette war. Hatte man vielleicht den hinteren Teil abgekoppelt? Befanden sich nun mein Koffer, die Reisetasche und mein Buch irgendwo auf der Strecke zwischen Bremen und Hannover?

Einen letzten Versuch wollte ich nun doch noch unternehmen, die Dinge zu klären. Ich erinnerte mich, dass ich meinen Rollkoffer in die Gepäckablage über meinem Sitz gelegt hatte. So viele Gepäckstücke befanden sich nicht in den Gepäckablagen, da die meisten Leute in Regionalbahnen und Expresszügen nur Kurzreisende sind. Ich schritt also langsam und bedächtig mit erhobenem Haupt noch einmal durch die langen Gänge des Zugs, bemüht, nicht allzu eifrig in die Ablagereihen zu starren.

Schließlich fand sich tatsächlich ein schwarzer Koffer, der in Form und Größe dem meinen ähnelte. Und in der Sitzgruppe, in der sich vier junge Burschen in Uniformen breitgemacht hatten, wedelte mir einer mit einem Buch entgegen – ich erkannte das Cover meines Krimis. Er machte sogar den Platz für mich frei.

Ich bedankte mich mit einem dünnen Lächeln, wobei mir klar wurde, dass die jungen Leute mich bei meinem mehrmaligen Abschreiten der Gänge beobachtet und sich vermutlich köstlich amüsiert hatten.

Nun wusste ich auch, warum ich die Sitzgruppe nicht wiedergefunden hatte: Ich hatte versucht, mir die Gesichter meiner Nachbarn einzuprägen, die jedoch inzwischen den Zug verlassen hatten. Auf die jungen Männer in ihren Uniformen hatte ich beim Vorbeigehen überhaupt keinen Blick geworfen.

Das versuchte ich auch weiterhin zu vermeiden, indem ich mich auf meinen Krimi konzentrierte. Der aufkommenden Müdigkeit nachzugeben konnte ich mir angesichts des näher rückenden Fahrtziels – genauer: des nächsten Teilziels – nicht leisten. Ich blinzelte heftig, versuchte möglichst lautlos zu gähnen und konnte dennoch nicht verhindern, dass mir nach kurzer Zeit die Augen zufielen.

Ich erwachte bei der Ansage, dass der Zug in wenigen Minuten Hannover-Hauptbahnhof erreichen würde. Was mich jedoch am meisten erstaunte, war die Tatsache, dass meine Mitreisenden aus Bremen immer noch mit mir in der Gruppe saßen – von Bundeswehrsoldaten keine Spur. Von einer Erleichterung meiner Blase allerdings auch nicht. Glücklicherweise hatte ich in Hannover Gelegenheit, dies nachzuholen.

Weder im Hauptbahnhof Hannover noch unterwegs im Zug konnte ich ein Hessenticket als Anschluss meines Niedersachsentickets lösen – das könne man nur in einem hessischen Bahnhof. Man dürfte aber bis zum nächsten Umsteigebahnhof fahren.

Dort, in Bad Hersfeld, stand der Zug nach Hanau abfahrbereit. Ich löste im Fahrscheinautomaten ein Hessenticket, steckte einen Fünfzig-Euro-Schein in den Geldschlitz, bekam meine Fahrkarte, allerdings spuckte der Wechselautomat das gesamte Rückgeld – fünfundzwanzig Euro in Ein- und Zwei-Euro-Münzen – aus. Mit beiden Händen raffte ich das Hartgeld zusammen, warf es in meine Tasche und rannte auf meinen Anschlusszug zu, wo soeben ein Zugbegleiter Anstalten

machte, die Türen automatisch durch Knopfdruck zu schließen. Er sah zwar demonstrativ auf seine Uhr, ließ sich mit
dem Türschließen jedoch Zeit, bis ich eingestiegen war.
Ohne weitere Zwischenfälle kam ich an meinem Zielbahnhof
im Odenwald an und wurde dort von meinem Mann abgeholt.

Ich mag Bahnreisen, und glücklicherweise habe ich dabei
keine Alpträume.

IRENE THOMAE

Ein Herzenswunsch

»Zu meiner Zeit«, bemerkte Gudrun und faltete akkurat ihre Serviette zusammen, »hatten wir Weihnachten immer Schnee!« »Ja, es ist ungewöhnlich mild im diesem Jahr«, pflichtete Johann ihr bei.

Rainer lächelte seinen Eltern zu: »Das Wetter war so gut in den letzten Tagen, dass Ingrid sogar noch im Garten gewerkelt hat. Ihr wisst, das ist ihr Hobby.«

Ingrid zupfte die Manschette ihrer Bluse tiefer über den Handrücken. Hoffentlich fiel es nicht auf. Als sie aufblickte, sah sie, wie die Mundwinkel ihrer Schwiegermutter sich abwärts bogen: »Zu Weihnachten arbeitet man nicht im Garten! Man schmückt das Haus und bereitet das Essen vor.«

Johann zwinkerte seiner Schwiegertochter zu. »Die Suppe war sehr gut, Ingrid«, lenkte er ab, »womit willst du uns als nächstes verwöhnen?« »Fenchelsalat und Lammkeule gibt es«, entgegnete Ingrid freundlich »Rainer, kümmerst du dich bitte um den Wein?« Sie trug die Suppentassen nach nebenan, in die offene Küche.

»Oh, du fröhliche, oh, du selige, gnadenbringende...«, jauchzte die CD im Hintergrund, während Ingrid die Soße abschmeckte. Gudruns energische Stimme übertönte mühelos den Kinderchor: »Und dann habe ich zu deinem Bruder gesagt: ›Klaus, wenn du deiner Frau nicht energisch verbietest, den Setter ins Wohnzimmer zu lassen, hast du mich das letzte

Mal bei euch gesehen!‹ – Schrecklich, diese Hundehaare! Du duldest ja zum Glück keine Tiere, Rainer. Als du mit Ingrid in dieses Dorf gezogen bist, hatte ich schon das Schlimmste befürchtet.«

»Aber, Mutter«, hörte sie seine lachende Antwort, »du bist immer so impulsiv! Was haben Klaus und Anne denn zu deiner Drohung gesagt, dass du sie nicht mehr besuchen würdest?« Gudrun antwortete nicht.

»Ich habe nichts gegen Haustiere«, fuhr Rainer fort, «es wäre vielleicht ganz nett, eins zu besitzen. In Ingrids Familie gab es zum Beispiel immer Katzen. Seitdem wir hierher aufs Land gezogen sind, träumt Ingrid von einer Katze. Aber wir sind beide den ganzen Tag fort, wer sollte sich um das Tier kümmern? Deshalb habe ich von Anfang an gesagt: ›In mein Haus kommt keine Katze!‹«

Ingrid packte das Sträußchen Minzeblätter, griff ärgerlich nach der Schere und knallte die Schublade zu.

»Sein« Haus! Was sollte das? Heute morgen noch waren sie sich einig gewesen, dass das Essen mit den Eltern am Heiligabend stressig sein würde. Gemeinsam würden sie es aber schaffen, einen harmonischen Abend zu gestalten. Hatte er daraufhin nicht spontan versprochen, ihr einen Herzenwunsch zu erfüllen, obwohl sie sich eigentlich keine Geschenke mehr machten?

Und jetzt diese Töne! Ingrid spürte, wie ihr die Tränen in die Augen schossen. Sie schnippelte die Minze in die Soße, bemühte sich um ein Lächeln und servierte den Hauptgang.

Rainer warf ihr einen anerkennenden Blick zu: »Lecker sieht

das aus, was du uns da bringst«. Er nahm ihr die Bratenplatte ab. »Was ist denn mit deiner Hand? Die ist ja ganz zerkratzt!«

»Ach,« stotterte sie, »ich muss wohl an einer Brombeer-ranke hängengeblieben sein.«

»Nun«, ließ Gudrun sich vernehmen, »der Weihnachts-baum ist in der Tat recht ansehnlich. War sicher nicht ein-fach, solch einen deckenhohen zu besorgen. Was hat er denn gekostet?«

»Der Baum ist aus dem Wald des Nachbarn, mit dem du dich im Sommer über deine Gallenblasenoperation unterhal-ten hast, Mutter«, erläuterte Rainer. Während das Gespräch sich dem unerschöpflichen Thema Krankheit zuwandte, überlegte Ingrid, ob die Außensteckdose des Geräteschup-pens auch wirklich eingeschaltet war. Mechanisch räumte sie ab, servierte den Nachtisch und fand eine Gelegenheit, zur Schaltanlage zu schleichen. Alles war in Ordnung, die Kon-trolllampe brannte.

Inzwischen war es Zeit für den Kirchgang geworden. »Sind eure Schuhe auch wasserdicht?«, erkundigte Rainer sich bei den Eltern. »Während wir gemütlich bei Tisch saßen, hat es nämlich ganz schön zu regnen begonnen. Wollen wir nicht lieber fahren?«

»Mein lieber Herr Sohn«, klagte Gudrun, »kannst du dir nicht endlich mal merken, dass ich Weihnachten immer zu Fuß in in die Kirche gehe? Das gehört sich einfach so!« Rainer konnte noch lachen, stellte Ingrid fest, aber Johann seufzte in komischer Verzweiflung.

Ein heftiger, kalter Wind trieb ihnen den Regen ins Gesicht, als sie zur Dorfkirche strebten.

Die Nachbarn Friedebach hatten dasselbe Ziel. Man begrüßte sich und wünschte sich ein frohes Fest. Georg Friedebach hielt Ingrids Hand einen Augenblick in seiner fest. »Was macht...«, setzte er an, verstummte aber, als er ihr verhaltenes Kopfschütteln bemerkte.

»Die Kirche ist wieder mal zu klein für die vielen Weihnachts-Christen«, flüsterte Rainer Ingrid zu, während sie sich in der hintersten Bank Plätze suchten. »Mach' dir nichts draus, wenn Mutter nachher meckert, dass wir früher hätten aufbrechen müssen. Sie ist nun mal so. Du hast eine Engelsgeduld mit ihr!«

Ingrid spürte ihr Herz heftig klopfen. Sollte sie es ihm jetzt sagen? – Zu spät, der Gottesdienst begann. Schon bald war sie nicht mehr bei der Sache. Ihre Gedanken stahlen sich ganz von selbst zur Kirchentür hinaus, durch Wind und Regen zurück zum Haus, in den Garten und in den Geräteschuppen. Sie hatte Stroh vom Nachbarn Friedebach besorgt, einen Karton mit Sand in die Ecke gestellt, Futter gekauft und sogar ein Heizkissen an die Außensteckdose angeschlossen. – Die Schuppentür, die ewig klemmende! Hatte sie sie fest zugemacht? Unruhig rutschte sie auf der Kirchenbank hin und her.

Auf dem Heimweg hörte sie nur mit halbem Ohr zu, wie Johann und Rainer sich bemühten, Gudrun zu beschwichtigen. Nur noch, wie jedes Jahr, ein Gläschen Glühwein, dann würde Rainer seine Eltern nach Hause fahren, und alles wäre wie vorher. Alles? Sie dachte an den Geräteschuppen.

»Was ist denn das da?!« Rainer hielt erstaunt auf der Straße vor dem Haus inne und wies mit ausgestreckter Hand zur Haustür.

Ingrid erstarrte. »Ich kann es nicht erkennen,« log sie.

Gudrun war schon zur Stelle. »Igitt!«, rief sie, »Ein Tier! Nass und schmutzig!«

Rainer und Johann gingen zur Haustür, beugten sich hinunter zur Schwelle: »Eine Katze,« brummte Johann, »und ziemlich verhungert scheint sie zu sein.«

Rainer wandte sich um: »Ingrid, wo bleibst du denn? Wir müssen doch was unternehmen! Ich kenn' mich nicht aus mit Katzen; sag mir, was ich tun soll!«

Ingrid wusste nicht, ob sie lachen oder weinen sollte. Sie hob das gescheckte Fellbündelchen auf, und während sie es an sich drückte, spürte sie, wie hinter den zarten Rippen heftig das kleine Herz pochte. »Ausreißer!« flüsterte sie, und laut sagte sie: »Komm, Rainer, wir gehen ins Bad!« Im Weitergehen murmelte sie dem Kätzchen ins Ohr: »War klug von dir, sich direkt vor die Haustür zu setzen!«

Während sie das Miezchen festhielt, rubbelte Rainer vorsichtig das Fell mit einem Waschlappen ab. »Schau mal, ganz hellgrüne Augen hat das Kätzchen!«, staunte er.

Unterdessen erzählte Ingrid ihm die ganze Geschichte: Wie sie das streunende, ängstliche Tier seit Tagen im Garten beobachtet, mit des Nachbarn Hilfe angelockt, trotz heftigem Fauchen und Kratzen gefangen und schließlich im Schuppen einquartiert hatte, mit Futter und Heizkissen versorgt, und wie sie die ganze Zeit davon geträumt hatte, das Hergelaufene – ein kleiner Kater übrigens – als Familienmitglied zu behalten. »Heute morgen wolltest du mir einen Herzenswunsch erfüllen«, lächelte sie, »das muss der Stromer geahnt haben, deshalb hat er sich einfach vor die Tür, dir in den Weg, gesetzt.«

»Und mir dadurch geholfen, mein Versprechen prompt zu erfüllen!« Strahlend gab er ihr einen Kuss auf die Nasenspitze.

Sie setzten das trockengerubbelte, noch recht zerzauste Kätzchen in einen mit warmen Tüchern ausgepolsterten Korb und trugen es ins Wohnzimmer, wo Johann und Gudrun beim Glühwein saßen.

»Bis diese Katze für euch Mäuse fängt, müsst ihr noch viel Futter investieren«, schmunzelte Johann. Ingrid schenkte ihm nach, goss sich selbst ein Glas ein und lehnte sich im Sessel zurück. ›Schnurri‹, dachte sie, wäre ein hübscher Name für den schwarzweißen Hausgenossen mit den grünen Augen.

»Haaren Katzen genauso schlimm wie Hunde?«, erkundigte Gudrun sich und nippte an ihrem Glas. »Übrigens, mein lieber Rainer, ich dachte, in dein Haus kommt keine Katze?!«

Rainer zog die Augenbrauen zusammen, antwortete aber nicht. Ingrid streckte die zerkratzte Hand nach dem Kätzchen aus und begann, sein Fell glattzustreichen. Zaghaftes Schnurren ertönte.

»Ihr solltet wissen, dass Rainer sich durchgesetzt hat!«, verkündete Ingrid: »Es ist keine Katze, es ist ein Kater!«

MONIKA WÄCHTLER

Fastfood

Drei waren es. Zwei Männer und eine Frau. Schon beim Betreten des Hauses spürte ich es. Irgendetwas war anders, anders als an den vorherigen Tagen. Ein Gerücht ging um im Hochhaus. Es gäbe ein neues Gesetz, ein Verbot. Die Zubereitung und der Verzehr von Fast Food in privaten Wohnungen sei verboten.

Ich hatte Cheeseburger besorgt. Für mich und meine Kinder. Vorsichtshalber versteckte ich die noch warmen Bürger im Schlafzimmer in der Unterwäschekommode. Danach warnte ich noch kurz eine Freundin im Haus vor Kontrollen.

Als ich meine Wohnung wieder betreten wollte, standen da drei Personen, eher drei Schatten, und drückten bereits die von mir nur angelehnte Tür auf. Zwei Männer und eine Frau. Ich schob mich vorbei und wollte meine Tür schließen. Die Drei drängten sich mit hinein.

Ein Mann und die Frau setzten sich unaufgefordert auf das Sofa im Wohnzimmer. Der zweite Mann begann im Raum herumzuschnüffeln. Mich packte die Wut über ein derartiges Verhalten. Ich fing hysterisch an zu schreien. Ich beschimpfte sie und verglich diese Kontrolle mit den Methoden der Stasi. Die drei sprachen kein Wort. Sie waren nur schemenhaft zu erkennen. Menschliche Gestalten ohne Gesichter, Schatten.

Da im Wohnzimmer und in der angrenzenden Küche

nichts vom verbotenen Fastfood gefunden wurde, blaffte ich den Mann, der bisher erfolglos schnüffelte, wütend an, ob er nicht vielleicht auch noch im Schlafzimmer suchen wolle.

Und wieder sprach keiner der Drei ein Wort. Nun bewegte sich der Schnüffler wirklich in mein Schlafzimmer. Ich war sprachlos. Als er in der Kommode in meiner Unterwäsche wühlte, rastete ich völlig aus. Ich tobte: »Du mieses, fieses Schwein, das ist doch das Letzte. Soll ich dir etwas von meiner Wäsche schenken?« Ich beschimpfte ihn als Wäschefetischisten, als Perversen. Da hielt er triumphierend die drei Bürger hoch. Ich überlegte, die Polizei zu rufen. Aber was, wenn es wirklich so ein Gesetz gibt ...

Dann bin ich aufgewacht.

HANNE WEIGANG

Sternenstaub

Ich träumte, ich sah in der Ferne
tausende glitzernde Sterne.
Der Mond mittendrin, als schmale Sichel
romantisch hielt ich Händchen mit Michel.
Wir liefen auf Borkums Strandpromenade,
da wachte ich auf, grenzenlos schade.

Ein großer Traum

Es schlängelt sich im Wüstensand
die Schlage, Hildegard genannt.
Sie zischt und schlängelt so vor sich hin:
»Warum ich nur in der Wüste bin.«
Sie träumt vom großen weiten Meer,
die Mutter schürt die Neugier sehr.
Doch Olav, der Mann von Hildegard,
der stets den Überblick bewahrt,
fragt: »Was willst du denn am Meer?
Das frage dich einmal, bitte sehr.
Du kannst doch keinen Meter schwimmen!«
Hildegard nickt: »Ja, das kann stimmen.«

Das Kuchenmonster

Oma Lina hatte wie jedes Jahr für ihren Enkel Eric einen Geburtstagskuchen gebacken. Sie hatte den hellen und dunklen Rührteig abwechselnd auf ein großes Blech gestrichen und dann gebacken. Nachdem der Kuchen abgekühlt war, kam ein schöner Schokoladenguss darauf und dann wurden bunte Smarties zur Verzierung obendrauf gelegt, die sich mit dem warmen Schokoladenguss gut verbanden und nach dem Abkühlen schön an ihrem Platz blieben. Oma Lina machte aus den Smarties auch immer ein großes Gesicht mit großen Kulleraugen, einer langen Nase und einem breiten, lachenden Mund, in dem man auch noch die Zähne sehen konnte.

Als Eric vier Jahre alt wurde und Oma Lina mit dem liebevoll verzierten Kuchen kam, rief er: »Oh, Oma Lina, vielen Dank für das schöne Kuchenmonster!«

Alle Anwesenden lachten lauthals los. Der Kuchen sah wirklich aus, wie ein Kuchenmonster. Opa Fred, Papa Tim und Mama Susanne lachten bis ihnen die Tränen kamen. Auch Oma Lina brach in lautes Lachen aus, nachdem sie erst einmal gestutzt hatte und Eric lachte mit. »So ein schönes Kuchenmonster!«

Seit diesem Tag wurden Oma Linas Geburtstagskuchen extra schöne Kuchenmonster und diese wurden von Eric heiß ersehnt.

An seinem siebten Geburtstag hatte Eric, der nun in die erste Klasse der Schuhmann-Schule ging, seine fünf liebsten Klassenkameraden eingeladen, Peter, Leon, Lukas, Paul und Martin.

Mutti Susanne hatte die Kaffeetafel mit Luftschlangen geschmückt und von der Lampe über dem Esstisch gingen zwei bunte Bänder zu den Außenwänden des Wohnzimmers. An den Bändern waren bunte Luftballons befestigt.

Jeder der kleinen Gäste brachte für Eric ein Geschenk mit und Eric freute sich sehr. »Erst einmal packe ich die Geschenke aus und dann machen wir uns über Oma Linas Kuchenmonster her.« Die Jungen hatten von Eric schon erzählt bekommen, dass seine Oma ihm immer einen ganz tollen Kuchen backte und sie waren gespannt.

Doch zuerst waren die Geschenke daran, Eric packte sie aus und war glücklich über die schönen Geschenkideen. Er bedankte sich bei seinen Freunden. »So jetzt können wir Kuchen essen.«

Mama Susanne und Oma Lina gingen in die Küche um Limonade und Wasser zu holen. Die Jungen setzten sich lautstark um den Tisch und Eric fragte: »Ist es nicht schön, meine Kuchenmonster?«

»Ja, herrlich!«, meinte Leon. »Ich habe so ein Buch mit Zaubersprüchen zu Weihnachten geschenkt bekommen. Soll ich das Kuchenmonster mal lebendig werden lassen?«

»Ha,ha,ha«, lachten alle und Martin meinte: »Das kannst du doch sowieso nicht.«

»Wetten, dass doch«, trumpfte Leon auf.

»Also mach mal«, sagte Eric.

Daraufhin setzt Leon eine ernste Miene auf, streckte den Arm und den Zeigefinger Richtung Kuchen aus und sagte:

»Ene mene Monsterkuchen,

kannst du nicht das Weite suchen.«

Der Kuchen hob sich aus dem Backblech, stellte sich senkrecht und hatte auf einmal Arme und Beine. Er hüpfte vom Tisch und rannte aus dem Haus.

»Halt, halt, mein schönes Kuchenmonster!« rief Eric. »Leon bitte, hol mir mein Kuchenmonster zurück!«

Leon wirkte sehr erschrocken. »Mir fällt der Gegenzauberspruch nicht ein«, sagte er kleinlaut.

»Nichts wie hinterher«, schrie Lukas und alle rannten aus dem Haus, dem nun hüpfenden Monsterkuchen hinterher.

»Wo wollt ihr denn hin«, rief Mama Susanne aus dem Fenster.

»Wir holen das Kuchenmonster zurück!« rief Eric winkend.

Beim Bäcker Krämer wurden Mehlsäcke abgeladen, der Fahrer war gerade mit einem großen Sack Mehl im Laden verschwunden. Der Monsterkuchen schnappte sich einen Sack und verschluckte ihn – mir nichts, dir nichts – in seinem Mund. Dadurch wurde er viel dicker, aber er lief schnell und mit großen Schritten weiter. Eric und seine Jungen johlend hinterher. »Halt, halt, «riefen sie, dem Monsterkuchen immer auf den Fersen, der aber lief immer weiter.

An der nächsten Ecke hatte der Obsthändler Schickedanz seine Stiegen mit Obst ordentlich vor dem Geschäft aufgebaut. Der Monsterkuchen hüpfte heran, nahm eine Stiege Äpfel, hob sie an seinen großen Mund und ließ sie alle hineinkullern. Die Stiege warf er zurück an den leeren Platz und rannte weiter. Hinter sich in einigem Abstand die rennenden und »Halt!« schreienden Jungen. Herr Schickedanz kam aus seinem Laden und drohte mit erhobenem Arm und geballter Faust dem Monsterkuchen hinterher. »So eine Schweinerei. Eine ganze Stiege Äpfel klauen.« Dann kamen die Jungen an seinem Laden vorbeigerannt. »Aha, so ein Lausbubenstreich! Also so etwas hätte es zu meiner Zeit nicht gegeben!« brüllte er den Jungen hinterher, die einfach weiterliefen und »Halt! Halt!« riefen.

Vor dem Schreibwarenladen der Anna Tributt verkaufte, wie jeden Dienstag, Bauer Heinrich aus seinem Lieferwagen frische Eier. Der Monsterkuchen hüpfte heran, während Bauer Heinrich, der Frau Steffens aus der Wienerstrasse die Eierschachtel in eine Tüte verpackte. Der Monsterkuchen schnappte sich eine Eierschachtel, öffnete sie und ließ die Eier in seinen Mund kullern. Die Eierschachtel warf er wieder an ihren Platz und er rannte davon. »Haben sie das gesehen?«, empörte sich Bauer Heinrich und Frau Steffens sagte: »Es sah aus wie ein Kuchen, dieses Monster.«

Die Jungen liefen auch »Halt!« schreiend an dem Lieferwagen vorbei und Bauer Heinrich rief wütend. »Das wird ein Nachspiel haben!«

Fünf Häuser weiter hatte Fräulein Rehbein, sie hieß wirklich so, vor ihrem Süßwarenladen einen Ständer mit Bruchschokolade in Folientüten mit blauen Schleifen abgebunden. Der Monsterkuchen hüpfte heran und schnappte sich drei Tüten, riss sie auf und stopfte sich die Schokolade schnell in den Mund, dann rannte er davon.

Fräulein Rehbein kam empört und außer sich vor den Laden gelaufen und rief: »Dieb! Dieb! Du ... Kuchendieb!« Dann drehte sie sich um und ging kopfschüttelnd in ihren Laden zurück. »Das glaubt mir sowieso keiner.« murmelte sie vor sich hin.

Die Jungen hatten einen größeren Abstand zu dem schnelleren Monsterkuchen, der durch die Naschereien wieder dicker geworden war. Plötzlich streckte Leon den Arm aus und rief:

»Ene mene Monsterkuchen,
komm uns bei Eric zu Hause besuchen.«

Der Monsterkuchen blieb abrupt stehen, drehte sich um und rannte in die Gegenrichtung los, mitten durch die Jungen hindurch, die ihn aber nicht festhalten konnten. Er lief und lief, Eric und seine Jungen hinterher.

Fräulein Rehbein saß noch verstört in ihrem Laden. Bauer Heinrich schimpfte lauthals vor sich hin. Mit erhobenem Arm und geballter Faust stand Herr Schickedanz vor seinem Laden und rief: »Das werde ich euren Eltern sagen. Die können mir die Äpfel bezahlen!«

Die Jungen liefen weiter hinter dem Monsterkuchen her und Eric rief Herrn Schickedanz zu: »Ja, ja, das werden meine Eltern bezahlen!«

Vor der Bäckerei war zwischen dem Lieferanten und dem Bäcker ein Streit ausgebrochen.

»Hier, sehen Sie doch selbst, Herr Krämer, ich habe nur noch fünf Säcke. Also habe ich drei ausgeladen!«

»Wollen sie mich veräppeln, ich habe doch nur zwei Säcke.«

Weiter konnten die Jungen das Gespräch nicht verfolgen, da sie dem Monsterkuchen hinterherrannten. Dieser sprang gerade durch das Fenster in das Wohnzimmer zurück,

Die Kinder liefen ins Haus und kamen gerade noch ins Wohnzimmer, wo der Monsterkuchen vor dem Backblech stand und fürchterlich zu Husten anfing. Die Bruchschokolade purzelte heraus, die Eier hinterher, sie schlugen auf dem Wohnzimmerteppich auf und zerbrachen. Eigelb und Eiweiß verteilten sich klebrig auf dem Teppich. Die Äpfel kullerten aus seinem Mund und verteilten sich im ganzen Wohnzimmer und durch das viele Husten, plusterte sich das Mehl durch das ganze Zimmer. Bald war alles, auch die Menschen, mit einer dünnen Mehlschicht bedeckt. Der Kuchen plumpste ermattet auf das Backblech zurück. So eine Schweinerei! Das ganze Wohnzimmer war verwüstet!

»… Aaahhhhh!« Oma Lina wachte schreiend auf.

In der Weihnachtszeit

In meinem Traum, man glaubt es kaum, sah ich viele weiße Kaninchen, die geschäftig in einer großen Halle hin und her hoppelten. Sie packten rote Weihnachtsmänner, Nüsse, Lebkuchen und Apfelsinen in bunt gestrickte Nikolausstiefel.

»He, ihr Hasen! Seid ihr nicht an Ostern für die Eier zuständig?« rief ich ihnen zu.

»Nein, wir Kaninchen sind die Helfer von Knecht Ruprecht, der mit seinem Renntierschlitten zur Erde hinunterfährt und durch die Kamine hindurch die Nikolausstiefel oder die Geschenke bringt. Alleine schafft er das schon lange nicht mehr!«

Verwundert wachte ich auf. Ich rieb mir die Augen und setzte mich auf den Bettrand. Neben meinem Bett stand ein gefüllter Nikolausstiefel.

Ich lebte alleine und einen Kamin hatte ich auch nicht. Aber ich freute mich doch sehr, dass Knecht Ruprecht an mich gedacht hatte.

Oder war es vielleicht doch eher meine Freundin Inge, die einen Schlüssel für Notfälle von meiner Wohnung hatte?

Ein war sicher, heute war der 6. Dezember, Nikolaustag.

PETRA WIEDER

Ein (alb)traumhaftes Rezept

Zu Ostern braucht man unbedingt
'nen Kuchen, der aus Formen springt,
wie der Osterhase ... keck
als leichter süßer Käse-Snack.
Nun, LEICHT wär' echt zu viel gesagt,
das Rezept an Nerven nagt.
Sehr aufwändig ist das Rezept,
Dreimal zum Ofen man ihn schleppt,
um ihn dort furios zu backen
für lauernde Genuss-Attacken.
Ich denk' derweil und unterdessen,
besser wär's: DEN dreimal essen!!!

wahlweis uff hessisch:

E (alp)traumhaft Rezept

Zu Ostern brauch'mer unbedingt
en Kuche, der aus Forme springt,
wie de Osterhaas, ganz keck,
als leischter sieße Käse-Snack.
Ähm, leischt, des wär zu viel gesacht,
des Rezept an Nerve nacht,
sehr uffwännisch is des Rezept,
dreimol zum Ofe mer ihn schleppt,
um den dort furios zu bagge
fiehr dich unn mich und Fress-Attagge.
Ich denk' derweil unn unnerdesse:
Besser wär's: DEN dreimol esse!

Ein Traum in Gold

Der Himmel ist dunkelgrau und wolkenverhangen.

Es regnet und stürmt, als gäbe es keinen weiteren Morgen mehr.

Ich stapfe, mit Regenjacke und Gummistiefeln ausstaffiert, trotzdem tropfnass, durch das Getöse einen sattgrünen Hügel hinauf, weil am Horizont in Hügelhöhe ein Regenbogen sichtbar ist. Wo kommt der bloß her, frage ich mich. Weit und breit keine Sonne zu sehen, die den Regenbogen hätte hervorrufen können. Ich bin neugierig und nähere mich der Hügelkuppe. Dort angekommen entdecke rückseitig des Hügels im Tal ein waberndes und zugleich tosendes Meer aus flüssigem Gold. Die wallenden goldgelben Wellen formieren sich zum Teil zu Pfeilen und schießen aus der lodernden goldenen Masse wie Sonnen-Protuberanzen. Fasziniert von diesem Schauspiel steige ich den Hügel in Richtung Gold-Meer hinab. Die Wolken reißen auf. Am Meeresstrand angekommen ziehen mich die überschäumende Energie und die Kraft der sich überschlagenden goldenen Wellen in ihren Bann. Atemberaubend! Schön! Einzigartig!

Ich will das Erlebnis unbedingt festhalten und zücke meine Kamera, um diese wunderbare Existenz zu filmen. Eile ist geboten, um den besten Ausschnitt zu wählen, denn der Akku ist fast leer.

Fabel-Haft

Drei blutjunge, grazile Eisprinzessinnen, bekleidet mit einem Hauch von cremefarbigem Nichts, bestehend aus blütenzarten, fast durchsichtigen, bis ans Fußgelenk reichenden Strickwollmänteln, stehen auf einer Eisfläche und sollen ihre Daseinsberechtigung durch furiosen Eiskunstlauf beweisen.

Der Kampf beginnt.

Das kleine teilüberdachte Eis-Stadion ist ohne Bestuhlung und Zuschauer. Die Eisprinzessinnen laufen los und ziehen ihre Kreise, mal elfengleich, mal artistisch spektakulär. Ihre Mäntel sind nicht zugeknöpft, sondern werden offen getragen und flattern geschmeidig beim Laufen in glasklarer Luft federleicht im eiskalten Wind.

Die Leistungen werden gegenseitig beurteilt. Trotz Konkurrenz bleiben die Eisprinzessinnen sachlich, jedoch äußerst aufmerksam.

Während sie ihre Pirouetten drehen, verdunkelt sich der Himmel und färbt sich in ein bedrohliches silbriges Dunkelgrau. Alle Drei verlassen beunruhigt das Stadion, um draußen nachzusehen, was los ist.

Der ganze Himmel ist bedeckt mit Schwärmen von anthrazit glänzenden ... Fischen. Der ganze Horizont ist schwarz davon. Fassungslos bleiben die Eisprinzessinnen stehen, bevor sie die Flucht in einen nahegelegenen fensterlosen Bunker ergreifen. Die Jüngste erkennt und erklärt die Sachlage: Die Fische werden vom Himmel aus mit ihren Körpern alle Meere dieser Welt fluten.

Das Ansteigen der Anzahl von Fischen in den Weltmeeren bewirkt, dass zwangsläufig der Meeresspiegel ins Unermessliche steigt.

Es klopft an der Bunker-Stahltür.

Die Tür wird von außen geöffnet.

Ein mannshoher, auf seiner Schwanzflosse stehender, silberglänzender Fisch mit roten Haaren und einem ebenso erzürnten Gesicht gibt Erklärungen ab.

Nur leider verstehen sie ihn nicht. Er spricht eine andere Sprache.

Der Fisch knallt die Tür wieder zu und schließt sie von außen ab. Es wird dunkel ... ich wache auf.

Genau.

Es ist Zeit, endlich aufzuwachen.

Hoinerfest

Des Hoinerfest in jedem Jahr
is immer subber un Eins A.
Vum Herrngadde-Opening
bis Feierwersch is net gering
de Uffwand, der immens betriwwe,
unn heit Morje um halb siwwe,
da dacht ich mir bei moim Kaffee,
en digges Dankeschee wär schee
ans Hoinerfesttags-Komidee
unn fiers Hoinerfest in spee!
Allzeit bereit unn uff de Madd
leefts Heunerfest aalgladd.
Die finf Daach sinn rum wie nix.
Des nächste Fest vielleicht schunn fix?
En klaane Wunsch, jetzt duht net lache:
könnt mer net siwwe Daach draus mache?

Illusione unn des Plusquamperfekt

Ich zog los unn wor gegange,
um Traumsequenze oizufange.
Konstrukde, die se einst verbande,
kame zaggisch mir abhande.
Gedankefetze, die konfus,
sache mir, doi Hern is Mus.
Wos gestern wor, des is gewese,
unn kann mer in de Zeidung lese.
Wos morje soi werd ... Sabodaasch !
Des waaß doch sowieso kaan Aasch.

Ich glaub', mein Schwein pfeift.

Des Nachbars Klopfen an der Wand
zur Morgenstund' ist allerhand.
Der Handwerker, der klopft und pocht,
bis mein Gemüt so richtig kocht.
Ich glaub es nicht und denk' ich träum'.
Ich stürz' zum Fenster und ich schäum'
und stutz', das Klopfen kommt von außen!
Ich schaue nach und guck nach draußen.
Was seh' ich an der Außenwand?
Für die Dämmung höchst brisant,
sie sozusagen ziemlich schwächt,
ein emsig dreister, bunter Specht.
Ein Buntspecht, der mit Klopfen stört.
Das Schwein pfeift wirklich unerhört.

Moment-Uffnahm'

Seit Johrn such' ich moi Kamera.
Die is' fort und nemmer da.
Bei de Such in Dasch' unn Sägge
ließ sisch de Knipser net endegge.
Doch gestern, werklich net zu fasse,
hot sich des Ding jetz' finne lasse.
Gefunne ! Was e Riesegligg !!!
Jetz' fehlt awwer' n anners Stigg.
Mer brauch's ganz dringend unn konkret,
unn zwar des ... UFFLADEGERÄT
Moin Ärscher hielt sich net im Zaum.
Im Bobbes is moin Knipser-Traum.

Sterne-Gucker

Der Mensch, der guckt gern oft TV
von Horror-Film bis Tagesschau.
Die Technik macht es jedem möglich
von der Couch aus unbeweglich,
hypnotisiert vom raschen Treiben,
regungslos auf matten Scheiben
bräsig auf der Couch zu bleiben
bis, wie soll man's kurz beschreiben,
der Umschaltzeitpunkt naht mit Schrecken,
man kann die Fernbedienung nicht entdecken.
Wo ist das Ding, man wühlt und flucht,
man MUSS jetzt aufsteh'n und man sucht
das blöde Teil, es liegt an fernen
Stellen. Wo? Steht in den Sternen.

Zu schön, um wahr zu sein

Super-Food in aller Munde
ist augenblicklich das Gesunde.
Die Haferflocke ist passé
und Chia lockt aus Übersee.
Ich bin da mehr für Happy Food.
Es macht glücklich und schmeckt gut.

Der Vitamingehalt laut Marketing
ist zugegeben zu gering
in Kuchen und der Schokolade.
(Empirisch richtig als auch schade.)
Wie man das umschiffen kann?
Auf die Dosis kommt es an!
Den Ausgleich schafft man mit dem Ziel:
Nicht wenig essen, sondern viel!
Ein ganzer Kuchen macht ausdrücklich
kilojoulebeladen glücklich,
strafft zusätzlich noch schlaffe Haut
auch ohne tägliches Workout.

Unter Platanen

Ein heißer Sommertag.
Die Luft steht.
Blätter rascheln.
Eine Überraschelung!

WEITERE ANTHOLOGIEN AUS DEM ODENWALD-VERLAG

Anthologien (griechisch Blüten- oder Blumensammlungen) sind Sammlungen von Texten verschiedener Autoren zu einem gemeinsamen Thema. In den Anthologien des Odenwald-Verlags sind etwa 20 Autoren aus der Region vertreten, von denen die meisten von Anfang an dabei sind. Die Anthologien entstanden zwischen 2009 und 2020.

ALLE JAHRE WIEDER – *nicht nur zu Weihnchten*
Was gibt es nicht alles an Gedenk- und Erinnerungstagen, persönlichen wie offiziellen, an die wir mehr oder weniger gern zurückdenken - in Freude oder Trauer, vielleicht auch in Scham, Wut oder Zorn?

FERIEN FESTE FEIERN– *Die schönen Zeiten des Lebens*
Erlebtes, Erinnerungen, Phantasie und Träume: unvergessliche Ferienerlebnisse, Reisen, Ausflüge, Festlichkeiten, Geburtstage oder Trauerfeiern sind Teil unseres Lebens.

SCHATTEN, SCHAUER, SPUKGESTALTEN – *Phantastische Geschichten*
Wer hat als Kind nicht gern Märchen und Sagen gehört oder gelesen, sich selbst solche Geschichten ausgedacht oder sie neu formuliert? Sich vorgestellt und daran geglaubt, dass Tiere und Pflanzen reden können? – Und vielleicht gibt es sie ja doch, die Dinge zwischen Himmel und Erde, die wir mit unserem Verstand nicht erklären können ...

UM DIE ECKE GEBRACHT – *Kurzkrimis und andere Geschichten und Gedichte*
Auf die unterschiedlichsten Weisen werden die Opfer um die Ecke gebracht: aus Habgier, Eifersucht, verletzter Eitelkeit, Rache. Manchmal ist es auch nur ein Unfall, oder es sieht danach aus. Es wird

auch, vor allem in Gedichten, mit dem Bild, der Vorstellung dieser Redensart gespielt, die wir im Alltag gern ironisch benutzen, wenn wir tatsächlich jemanden ein Stück Weges begleiten, ihn oder sie um die Ecke bringen, nicht selten sogar zu deren Schutz.

VON DER WIEGE BIS ZUR BAHRE
Geschichten und Gedichte zwischen Lebensbeginn und -ende – sogar zwei »pränatale« Texte sind dabei. Rückblicke, Lebensansichten, -erfahrungen und Fiktionen begleiten die Leserinnen und Leser auf einer unterhaltsamen Zeitreise durch vielerlei Lebensabschnitte, die bei manchen auch eigene Erinnerungen wachrufen mögen ...

VON ZEIT ZU ZEIT – *Südhessisches Kalender-Lesebuch*
Erinnerungen, Erfahrungen und Kindheitserlebnisse; Streifzüge durch Gärten, Wiesen, Wälder, Friedhöfe werden ebenso thematiert wie Volksfeste, Feiertage und Gedenktage, die es rund ums Jahr gibt. Heiteres und Besinnliches, Gereimtes und Ungereimtes, Hochdeutsch und Mundart wechseln sich ab. Manches aus der Vergangenheit mag uns fremd anmuten; mit anderen, gegenwartsbezogenen Texten werden wir uns vielleicht identifizieren können.

ZWISCHEN TÜR UND ANGEL – *Begegnungsgeschichten*
Einmalige Begegnungen, an die wir uns unser ganzes Leben lang erinnern; alltägliche, die wir kaum registrieren; Nachbarn, die sich ein Leben lang fremd bleiben, und gute Freunde, die man nur alle Schaltjahre oder noch seltener trifft. Manchmal genügt ein Blick im Vorübergehen, um sich ein Gesicht für lange Zeit einzuprägen; die Friseurin oder Arzthelferin, die uns aus dem Geschäft oder der Praxis bekannt sind, erkennen wir auf der Straße nicht wieder.

Mehr unter www.odenwald-verlag.de